AF208723

Indholdsfortegnelse:

Jordens

Vogtere

Bortført

"Hjælp!" Min stemme gik ikke rent
igennem, faktisk føles det slet ikke som
om, at mit stemmebånd virkede. Det
hele virkede uvirkeligt, og selv min hals
føles, som om den ikke gad, hvad jeg
gad. Som om, at det hele var en drøm
og en af slagsen, hvor ens stemme
holder op med at virke. Den snørkler sig

og slår ligesom lås og slå på sig selv. Det havde bare været en rutineudgravning, og ligesom så meget andet havde der ikke været nogen form for fare på færde. I hvert fald ikke hvad vi kendte til, men vi var også nye på denne planet. Min lillebror var blandt de tagne. Hvad, der havde taget dem, var jeg ikke selv sikker på. Jeg havde vendt ryggen til i et kort øjeblik, og da jeg kiggede igen, så jeg et væsens to arme og hoved, der formede sig fra væggen selv. Den greb fat i den nærmeste person og vupti, så var personen væk. Jeg bakkede væk fra væggen, men min lillebror havde intet set, og før jeg nåede at alarmere ham, var han også blevet taget. Jeg var ude af tunnelen og stod på en af gaderne, der førte tilbage ind i byen, by nummer enogfyrre. Hvorfor byerne havde numre i stedet for navne, vidste jeg ikke. Min lillebror og jeg var hurtigt blevet enige om, at det var en eller anden form for åndet joke. Mange af de ting, der gik for sig i vores nye verden, havde mig og min lillebror allerede fundet en eller anden insider-joke til. For eksempel, så kaldte vi lamperne, der holdt gaderne, belyste for "mini sole", som en hentydning til, at hvis ikke vi passede på, ville vi miste lyset igen. Lidt ligesom solen, der plejede at holde Jorden belyst, var gået ud. Nu spørger du sikkert, "Hvad årstal er I så i?" vi er i et sted imellem år 3115-3117, tiden er flydt lidt sammen siden vi forlod jorden. Efter vi forlod Jorden i tre forskellige rumfartøjer hver i stand til at kunne flyve med lysets hastighed ud til andre galakser, havde vi ikke set os tilbage. Vi var fløjet ud til planeter med atmosfærer, der mindede nok om Jordens til, at vi kunne bebo dem. Vi havde fået planet nummer tre. Overfladens luft var så tung, at vi mennesker ikke kunne filtrere den uden ren ilt. Så vi havde gravet tunneler under overfladen og lavet veje til hver af vores byer. Det, at vi allerede var oppe på enogfyrre byer, ville sikkert virke overraskende, men så nemt skulle det ikke være, hver by startede i ti'erne og hoppede så en tier hver gang. Hvilket ville sige, at vi blot var by nummer fire, i en række af elleve,

enogtyve, enogtredive og sidst, men

ikke mindst, enogfyrre. "Hjælp!" Skreg

jeg igen. Jeg var forpustet og havde

svært ved at få vejret. Jeg stoppede op

og støttede mig op ad den nærmeste

bygning. Jeg var nået til det første hus i

en lang række af huse. Gaderne var små

og snørklede inde i byerne, og det var

ligesom et labyrintsystem, og hvis ikke

man passede på, for man hurtigt vild.

Én enkelt person kom gående imod mig,

det var vores nabo James. Jeg vinkede

ham hen til mig, og jeg kunne allerede

se, hvordan han rynkede sine bryn i

overraskelse. "Jamen, hej med dig Klint,

hvor er din bror, plejer i ikke at være

uadskillelige som to fasttømrede

planker i et trægulv?" Nå jo, forresten var mit navn Klint, og min lillebror hed Matti. "Matti er væk, og det er de andre fra morgenens udgravningshold også!" "Hvad mener du med væk?" Jeg viftede vildt om mig med armene som for at understrege alvoren, i det næste jeg sagde: "De blev taget! Af arme, der kom inde fra den solide væg selv, jeg nåede kun at se deres arme, de var robuste og var i samme farve som jorden selv, som om væggen groede arme og tog dem med sig..." James og hans rynkede bryn blev hurtigt til en mine af akavet stilhed, om det var fordi, han ikke vidste, hvad han skulle svare, eller om han stod og prøvede at forestille sig, scenariet var mig ukendt. Jeg vidste bare, at jeg skulle bruge hjælp, for jeg ville ikke lade dem beholde Matti, det ville blive over mit lig. Min lillebror og jeg havde haft en meget tæt relation, siden vores mor døde for omtrent syv år siden, Matti havde været så lille at han knap forstod det. Men sammen havde vi altid kunne klare de ting livet havde smidt i hovedet på os, og vores far var en travl mand. Han havde altid arbejdet mere, end hvad sundt var, men efter vores mors død havde han sagt sit job op, indtil muligheden for at komme med på et af de tre rumfartøjer, der skulle forlade jorden, bød sig. Grundet hans fortid som en berømt udgraver, der havde været med på mange ekspeditioner rundt om i verdenshjørnerne. Han var især kendt for sine eskapader som pyramideudgraver. Han havde været med til at udgrave en af verdens største trekantet pyramider, "the Pyramid of Seth", havde de kaldt den grundet nogle oldgamle hieroglyffer som de havde fundet dybt inde i pyramiden under udgravningen. James krydsede armene og udbrød "Klint!" Jeg vågnede op igen. Det var en dårlig vane, jeg havde, det dér med bare at stå og have næsen i sky, imens mine tanker var som forbipasserende skyer, der lå som et tæppe over mit ellers ret så klare sind. Jeg havde så småt fået pusten igen og sagde nu: "Ja, Matti blev taget! Ved du hvor min far er?" James så tvivlende på mig, som om han ikke helt vidste, om jeg jokede med ham eller var dybt seriøs. Han stod afventende og gned sig eftertænksomt på kinderne og de ubarberede skægstubbe. "Alle dem, som er blevet taget, har vi ikke hørt noget fra, og det er endnu ikke lykkedes at bringe nogen af dem tilbage." Han sagde det, som om det var en nyhed for mig. Jeg var alt for godt klar over, hvor små mine odds for at tilbagebringe min lillebror var, men uden ham var jeg mutters alene i den her nye verden. "Please, vil du ikke nok hjælpe mig med i det mindste at finde min far?" James nikkede som svar og svarede: "Kom, så hitter vi din fars tilstedeværelse i fællesskab." Og lige som det var blevet sagt af James, hjalp han mig med at finde min far, som jeg hurtigt fik sat ind i situationen. "Hele morgenens udgravningshold blev nuppet bortset fra dig?" "Ja, ellers stod jeg ikke her helt alene…" Jeg sænkede hovedet og med det mit toneleje. Jeg skammede mig en smule. Jeg burde have været heltemodig og beskyttet min lillebror. Vi havde altid passet på hinanden og holdt sammen mod andre, selv vores egne venner. Der er noget om snakken med, blodets bånd er tykkere end vand. Matti og jeg var loyale overfor hinanden, måske fordi efter vores mor var borte, var vores bånd kun blevet tættere. "Klint?" "Hvor kom jeg fra?" "Du spacede ud igen, den vane har du

nu altid haft ligegyldigt situationen."
Min far trak lidt på smilebåndet, og jeg
selv kunne ikke lade være med at smile
med ham. Men så huskede jeg
morgenens begivenhed, min lillebror
var blevet nuppet af jordmonstrene.
James brød ind: "I må have mig
undskyldt, men jeg har et vigtigt ærinde
at se til." "Jarl jeg stoler på, at hvis du
får brug for min hjælp, så kommer du
bare og be'r om den." Min far nikkede,
han hed forresten Jarl. Min far og jeg
stod her, bare os to, og jeg vidste ikke
helt, hvad jeg skulle sige. "Klint, jeg
synes vi skal alarmere Rådet." *Åh nej,
ikke Rådet* var min allerførste tanke. Jeg
brød mig ikke om dem, en flok
mennesker med hver sit oppustet ego,

der kunne fylde en hel spisestue på egen hånd. Dog vidste jeg, at deres autoritet var suveræn og deres evne til at samle folk om én opgave utvetydig. Deres ord var lov i vores samfund. "Jo, lad os det." Jeg var nærmest grådkvalt, uden at man kunne høre det i min stemme. Allerede savnede jeg Matti, mere end jeg ville kunne forklare med bare ord. Sammen gik jeg og min far igennem byens gader. De var hverken tomme eller fyldte, og en gang imellem stødte vi ind i den vante fodgænger, der havde et ærinde at udføre eller bare var imellem jobs. Det, at vi havde bosat os på en ny planet, gav lidt idéen om, at der var masser, der skulle gøres. Ofte var det dog stik modsat, for vi havde ikke brug for alt det, som vi kendte fra Jorden. Jeg havde været otte dengang vi tog afsted, og Matti havde knapt nok været fem. Jeg vidste sagtens, hvordan man opererede nutidens teknologiske vidundere, men halvdelen af dem var så videreudviklet at selv som barn, kunne man hurtigt forvilde sig ud i noget, der mindede om en helt anden verden. En verden for sig selv så at sige. Vi gik på en af de større gader, hvor folk strømmede fra og til. Langt de fleste virkede til at have alt for travlt til at stoppe op og orientere sig. Folk gik ikke ind i hinanden, men der var en slags skyndsommelighed på den måde, der nærmest blev powerwalket igennem gaderne af den almene befolkning på.

Vi nåede endelig frem til Rådhuset, eller som mig og Matti kaldte det, "Ældrehjemmet". Der var ikke et eneste medlem af Rådhuset, som var under halvtreds. Vi bankede på de to dobbeltdøre, som indgangen af rådhuset bestod af. Min far var et familiemenneske, og familien betød alt for ham. Da vores mor døde, ødelagde det ham næsten, men han var også en fighter, og han trådte i karakter og overtog hendes opgaver med mig og min bror. Der var intet svar, men så bankede han igen. Denne gang lidt hårdere. Den ene af de to dobbeltdøre åbnede, og i åbningen stod Abraham. Af alle de rådsmedlemmer, jeg kendte, var han den, jeg havde det allersværest med. Der var noget ved ham, jeg ikke kunne greje, men lige i den her situation var det lige meget, hvem vi snakkede med. "Abraham!" Udbrød min far straks. Lugten af gammel mand osede ud af døråbningen, den hang vist over ham lidt ligesom duften af dug på morgengræsset, ja lidt minder fra vores gamle hjem, havde jeg dog taget med mig. Han lavede en grimasse af modvilje og sagde så i en sagte stemme: "Hva' vil I på denne tid af morgenen? Dagen er jo knapt begyndt." Min far lagde en hånd på min venstre skulder og gav den et varmt klem. "Klint, fortæl Abraham, hvad der er hændt." Jeg begyndte min korte fortælling: "Hele morgenudgravningsholdet er væk, de blev taget." Der gik en kold isning ned ad ryggen på mig, og jeg vidste ikke helt, hvad jeg forventede, der ville blive gjort ved situationen. Folk var forsvundet før, rettere sagt blevet bortført, og vi vidste stadig ingenting om fjenden. Blot, at fjenden frit kunne bevæge sig igennem solidt materiale, blandt andet den nye jord, om så den bestod af rent grus, aflejringer af forskellige metaller eller grundstoffer, som vi endnu ikke havde identificeret alle af. Og ikke nok med det, så var det nærmest blevet en ugentlig ting at folk forsvandt, når vi prøvede at grave videre på Tunnel Opheus, tunnelen, der skulle lede til den næste by i rækken af byer. Lige nu boede mig, far og Matti i by enogfyrre, som var nummer fire i rækken. Der var tre andre byer alle forbundet af hver deres tunnel til den næste by. Min far var en vigtig arkæolog, og hans job bestod af at identificere alle grundstofferne og materialerne, som vi stødte ind i under de nye udgravninger. Ét job han tog meget seriøst og nærmest gjorde en ære ud af, for han havde andre folk under sig, men der var ingen andre med hans erfaring og ekspertise indenfor feltet. Han var en ener. "Jeg har ikke hele dagen," afbrød Abraham mig. Det var sket igen, jeg havde stået stille i mine egne tanker. "Jeg så kun armene og hovedet af noget, som lignede et menneskeligt væsen, det havde to arme ligesom os, og en hals der ledte op til et noget kvadratisk hoved. Min bror er blandt de bortførte..." Jeg trak vejret dybt ind igennem næsen, og pustede næsten lige så dybt ud gennem munden. "Højesterådet har ikke tid til at tilgodese enkelte bortførelser, men når du siger, *at ét helt hold* blev taget, er vi næsten nødsaget til at gøre et eller andet." Han afsluttede sin sætning med et langt suk, og så drejede han hovedet lidt til venstre, og så tænkte han ellers så det knagede. Man kunne se det på hans pupiller, der næsten hoppede fra den ene side af øjenkrogen til den anden, imens han stod dér. "Jeg ville invitere jer ind, men det her problem er noget, vi som råd må drøfte og så ellers vende tilbage til jer med et svar." "Tak for det," svarede min far roligt, han havde generhvervet fatningen. En evne jeg altid havde misundt ham, det at holde hovedet koldt i ophedet situationer, hvor jeg altid var hans modsætning, der gik helt i panik, og kunne panikke i flere timer ad gangen, inden jeg faldt til ro. Jeg greb fat i Jarls ærme, kiggede op på ham og sagde så: "Hvad skal vi gøre imens? Vi kan ikke bare vente, vi må straks iscenesætte jagten på de forsvundne." Abraham lo en kold og tør latter, og sagde så: "Din livsgejst er misundelsesværdig, men dit ungdommelige sind må også lære sine grænser at kende. De forsvundne er, som det ser ud lige nu, uden for vores rækkevidde. Det bedste I kan gøre, er

hver især at tage jer en fridag og så

møde op her i morgen tidlig klokken

otte. Så har vi som råd vendt og drejet

emnet, og så skal vi nok sammen finde

en løsning, der funker for *alle*." Han

sagde "alle" med ekstra tryk på den

sidste le-stavelse, nærmest som for at

understrege vigtigheden af at vi stod

sammen om, hvad end der blev

besluttet. Det var straks bedre, og

noget jeg kunne leve med. Jeg tog

endnu en dyb vejrtrækning. For hver

nye vejrtrækning jeg tog, faldt jeg lidt

mere til ro, selvom det stadig kriblede

og kravlede i hele min krop for at styrte

til aktion og sætte et eller endda flere

hold folk ud for at lede efter Matti og

de andre bortførte mennesker. Én ting stod klart for mig. Vi var gæster på denne nye planet, og hvad end det var, der tog folk til fange på magisk vis ved at være en del af selve denne planet, var det langt ældre og mere udviklet end os som art. Min far og jeg gik side om side i et langsommere tempo hjemad. Vi snakkede ikke og gik hver især i vores egne tanker, indtil vi blev stoppet på gaden. "Jarl! Hvor er jeg glad for at se dig," jeg kiggede op og genkendte en af mine fars kollegaer. Han havde et sjovt udseende skæg der var flettet med noget snor af en slags og gik ham til den nederste del af hans bryst. Min far og jeg var begge stoppet op midt på gaden, "Dion, sikke en overraskelse, hvad laver du her?"

"Leder efter dig!" Dion lavede en
fægtebevægelse med armene og sagde
"Der er sket noget uhyre vigtigt i Tunnel
Alpin. De er stødt på et nyt materiale
som vores hakker ikke kan nå igennem,
og vi er blevet kaldt ud for at navngive
og kategorisere den nye stensort." Som
altid var min far en travl mand og ofte
efterspurgt, også af sine kollegaer samt
befolkningen selv. Han var uvurderlig og
uundværlig på mange punkter, men
især når det kom til hans arbejde. Min
far vendte sig om til mig og sagde så:
"Klint jeg må forlade dig i nogle timer,
arbejdet kalder." Jeg vidste godt, hvad
det betød. Det betød, at jeg måtte
underholde mig selv imens de smuttede

ud hvor arbejdet kaldte på dem. "Det er helt okay, jeg skal nok finde på noget at fordrive tiden med." Jeg anstrengte mig og fik med mildt besvær forceret et smil på mine læber, som for at overbevise ham om, at jeg nok skulle være okay. Dion gjorde mine til, at de skulle afsted, og så forsvandt de ellers ned ad en forbipasserende gyde. Jeg var rastløs, det der med at vente og være tålmodig var ikke en af mine styrker. Jeg var typen der altid mente, at hvis der var noget i gære, så skulle man også kæmpe for at lave larm omkring det. Inderst inde vidste jeg godt, at Mattis tilfælde ikke var noget særtilfælde, der havde gået rygter rundt om i byen omkring forsvundne udgravningshold og udgravningsmedarbejdere. Han var hverken den første eller sidste til at forsvinde til denne hidtil ukendte fjende. Vi vidste ikke meget om Planet tre, men vi vidste, at vi ikke var alene under dens ubeboelige overflade. Jeg gik langsomt hjemad, selvom jeg godt vidste, at den her rastløshed ikke ville forsvinde af sig selv. Nysgerrigheden var alligevel også for stor, jeg ville også se, hvad der var fundet i Tunnel Alpin. Så jeg skyndte mig at navigere igennem gaderne og hen imod tunnelen. Der var tre tunneler fra vores by, by enogfyrre, Tunnel Alpin, Tunnel Edema og Tunnel Opheus. De tre tunneler skulle hver især lede til henholdsvis by enoghalvtreds, by enogtres og by enoghalvfjerds. Vi var i fuld gang med at udvide. Hver by havde indtil nu et befolkningstal på et par hundredetusinde. Krigene havde haft store tabstal, især efter USA bekrigede Frankrig og England, samtidig. Vi overlevende havde derefter slået os sammen, om at forlade Jorden og vores ellers uddøende solsystem. Den sidste af krigene var navngivet Dommedagskrigen, for ikke blot var vores sol så småt ved at dø. De få lande, som var sluppet billigt fra krigen, var heldige, hvis deres befolkningstal nåede over de ti tusind. Jeg husker tydeligt bragene fra de første bomber, der faldt i nærheden af vores ellers så fredelige hus. Nu var tiden kommet, og jeg havde sneget mig igennem gaderne og hen til Tunnel Alpin. Jeg vidste ikke, hvad, der ventede mig, men jeg vidste, at alt var bedre end bare at gå og drive den af på en dag som i dag. Tabet af Matti havde totalt invalideret mig, og jeg følte mig blot som et genfærd i en krop, der ikke var min egen. Min drivkraft og fortrøstningskilde var dog åbenlys. Håbet, om at hvad end vi havde fundet, kunne hjælpe mig på vej til at genfinde min forsvundne bror. Tunnel Alpin havde højt til loftet og var en kæmpe tunnel, der strakte sig godt en fire-, femhundrede meter i en østgående retning fra vores by. Alligevel føltes den længere, selvom den var veloplyst af teonidlamper. Teonid var et af vores allervigtigste fund, en jordart, der lyste op som ildfluer og ikke havde nogen synlig begrænsning. Hvilket også vil sige at de lyste konstant, uden nogen form for energikilde, så de havde heller ingen levealder. Teoniden lyste altid ikke kraftigt men med et skær, der kunne ses langt væk fra. Dog brød jeg mig vitterligt ikke om tunnelen. Den var den største af de tre, dog var det ikke den tunnel allerflest mennesker var forsvundet fra, det var Tunnel Edema. Udgravningen af Tunnel Edema havde stået på i godt tre måneders tid og under den tid var syvoghalvfjerds folk blevet nuppet fra lige præcis Tunnel Edema. Det løb mig koldt ned ad ryggen, da jeg sneg mig fra sten til sten i tunnelen, og jeg forsøgte så vidt muligt at undgå at blive spottet. Jeg nåede frem til målet. Min far stod med fire andre voksne, og en af dem var selvfølgelig Dion fra tidligere. De tre andre kendte jeg ikke. Foran dem var der en mystisk glimten af et en eller anden art. En af de fem voksne stod med en lampe i hånden. Det var svært at høre, hvad, der blev sagt fra den afstand, jeg sad på hug i. Halvt kravlende og halvt nede i knæ gjorde jeg mit allerbedste for at snige mig blot en lillebitte smule tættere på. "Det var... og hvem kunne have... tre af de ti..." jeg fik fat i bidder af hele sætninger og fandt mig bare endnu mere rundforvirret af dette. Nu var jeg ikke mere end tre meter fra dem og kunne tydeligt høre, hvad der blev sagt. "Det lyser ligesom teonid og alligevel ikke helt," konstaterede en af de andre voksne. Min far stod med et eller andet ukendt redskab i hånden. Det sagde en bippende lyd, hver gang han strakte armen helt ud og nærmest rørte den lysende del af væggen med apparatet. "Det er helt sikkert ikke noget, vi har mødt før, og så alligevel som du så fint nævner… vi har brug for et nyt navn til, hvad end det er." Det stod klart for mig, at ingen af dem helt vidste, hvad de skulle bruge det nye materiale til. "Har nogen rørt ved det og set, hvordan det påvirker den menneskelige hud, hvis det da har nogen effekt?" "Jonson rørte kort ved det og fik et eller andet krampeanfald lidt ligesom en epileptiker." "Så det *har* altså en påvirkelig effekt på mennesket... hm, interessant, yderst interessant." Der blev stille herefter og man kunne nærmest mærke spændingen i luften, da de fem voksne hver især stod i hver sin tankebobbel eller brainstormingsspekter, som nærmest var så solide, at man kunne se dem som en stor cirkel rundt om hvert enkelt individ i luften. Så talte Dion for første gang, siden jeg havde smøget mig tæt nok på til at kunne høre, hvad der blev sagt. "Vi kan ikke grave videre, før vi ved, hvad dette materiale er." Lige pludselig føltes det som om luften blev koldere, og det løb mig koldt ned fra nakken til starten af rygsøjlen og så ellers ned ad ryggen. Der var noget i gærde, og jeg vidste ikke, hvad det var, men det føltes helt ligesom i morges, da min bror og mine udgravningskammerater blev taget. Det var som om hele min krop stoppede med at lystre, og jeg følte mig paralyseret af denne altopslugende kulde. Lyset fra det ukendte materiale blev en smule mattere, næsten som om hvad end der var i gærde, sugede noget af livsenergien fra det. *Woosh,* lød det, da to arme sprang ud fra klippevæggen, der kom ind fra siden og en af de fem voksne blev grebet fat i og trukket ind mod væggen. Ikke to gange, ikke på min vagt og slet ikke, imens jeg så på. Helt instinktivt sprang jeg frem fra mit gemmested og hujede og hejede hvilket gav et spjæt i de voksne, især dem der stod med skræk malet i ansigterne, og tydeligvis ikke vidste, hvordan de skulle agere på angrebet. De to armes greb om den ene voksne strammedes kun af dette, og han forsvandt med dem ind igennem den solide væg. "Løb, fjolser!" Skreg jeg til de resterende fire, som alle stod som lammet af hændelsen. Min far gav mig et enkelt kig, og forstod så alvoren af, hvad jeg signalerede. Han strammede sit eget greb om lampen og løb hen til mig, hvorefter han tog fat i min arm og gestikulerede, at jeg skulle løbe med ham, så vi begge slap væk.

Skrækken havde også taget fat i mig.
Selvom jeg gerne ville løbe med ham,
ville mine ben noget andet, som om jeg
vidste, at der skulle ske noget, men ikke
helt vidste, hvad det noget var. Der var
en kort sitren i min krop og så genvandt
jeg muskelkontrollen og løb med min
far tilbage mod byens sikkerhed og
igennem den ellers enorme tunnel:
Alpintunnelen. Vi havde de tre andre
voksne lige i hælene, og vi var alle lige
ivrige efter at slippe væk fra tunnelen.
Efter at have lagt de første par
hundrede meter bag os, stoppede vi op
for at trække vejret igen. Min fars
ansigtsudtryk var malet med frygt og
skræk. Jeg havde ingen idé om jeg
havde hjulpet til, men i det mindste

havde jeg sørget for, at min far kom på

passende afstand fra monstret, og ikke

blev nuppet samme dag, som min

lillebror var blevet taget. Imens vi stod

og hev efter vejret, tog jeg mig til

brystet, der føltes som om, at det trak

sig sammen. Det var som om at mit

bryst gik i hårdknude, og det knugede

noget så voldsomt. Smerten var svær at

abstrahere fra, og jeg oplevede, at jeg

ikke kunne fokusere på noget andet.

Jarl lagde sin hånd på min skulder og jeg

kiggede op i hans nøddebrune øjne og

et langt suk forlod mig. Et suk, der nok

havde ladet vente på sig i lidt for lang

tid, smerten var væk med sukket, og jeg

rejste mig op igen. Vi gik i samlet flok

tilbage til byen og skiltes kort efter at

have diskuteret dagens hændelser. Der var bred enighed om at, der måtte gøres noget mod truslen fra væsnerne som tog af os mennesker, når vi mindst ventede det. Men hvad kunne vi gøre? Vi var stort set hjælpeløse mod dem og havde hverken våben, donkraft eller mandskab til at modvirke dem eller igangsætte et modangreb mod dem. De boede i det solide, alt det, vi ikke havde udgravet eller udforsket. De var primære på en måde, som vi ikke forstod, og oldgamle nok til at være ét med den planet, de boede på. De var ikke bare et led længere end os i evolutionen, deres evolution var de selv bevis på. Hvis der var noget, vi kunne gøre, havde vi endnu ikke fundet svaret.

Vi stod blot tilbage med en masse

spørgsmål, men ingen rigtige svar, og vi

havde stået med spørgsmålene i

længere tid uden held i sprøjten. Jarl og

mig var taget hjem til vores beskedne

hus, hvor vi havde to værelser, et

deleværelse til mig og Matti. Dernæst

havde vores far sit eget som han halvt

havde transformeret til et

arbejdsværelse og halvt en central for

alle de fund, han havde gjort i sin tid på

Planet Tre. Værelset, som jeg delte med

Matti, virkede mere tomt end

nogensinde før. Endnu et suk forlod min

krop, og det føltes, som om at en stor

byrde blev taget fra mine skuldre, men

jeg var endnu ikke tilfreds, faktisk var

jeg langtfra tilfreds. Jeg var dybt

utilfreds, min lillebror var stadig væk og byens bureaukrater sad bare i Højesterådet og gjorde op, hvad der skulle til for at forebygge flere bortførelser. Som sagt, intet enerådigt svar var fundet, og det gjorde at de prøvede sig frem, nærmere famlede i blinde og ikke helt vidste, hvad der skulle ske. Jeg knyttede begge mine næver, jeg var vred, alene og ensom.

Det var en umulig situation.

Ældrehjemmet var som sagt fuldt af møgundulater uden nogen form for incitament til det job, de faktisk skulle udføre. Mit raseri boblede indeni, og samtidig var jeg også på randen af gråd og klar til at give op, inden jeg overhovedet kom i gang. Jeg stod overfor væggen og kiggede ind i den

hvidmalede væg. Der var ingen tvivl i

mit hoved, og min knyttede hånd slog

jeg i afmagt ind i væggen. Det at knuge

min hånd så hårdt gjorde også ondt, og

mit knytnæveslag efterlod et mærke i

væggen. Dybt indeni mig selv følte jeg

mig en smule stolt over at kunne påføre

væggen smerte ligesom den smerte,

som brændte indeni mig selv. Endnu en

gang knyttede jeg næven og slog, denne

gang med højre hånd, min svagere

hånd. Den brændende følelse af

stolthed transcenderede over i den

modsatte boldgade, nemlig over mod

en påsat ildebrand i mine knoer. De

sved og brændte på samme tid. Jeg

kiggede ned på dem og indså, at jeg

havde slået en af mine fire knoer til blods på den højre hånd. "Klint?" Det var min far, der stod i døråbningen og spurgte ind til mig. Jeg kiggede på ham og løftede lidt op i hagen som om jeg stod stolt frem. "Ja?" Min far var meget intuitiv. Hver gang mig og min lillebror var kommet i ballade, vidste han ligesom altid, hvad der skulle siges for at vende op og ned på situationen for os. Min far sagde ikke mere, han tog blot et langt skridt hen imod mig og omfavnede mig. Jeg var et halvt hoved højere end ham, men i lige den her slags kram gjorde det slet ingenting, faktisk foretrak jeg nærmest at kunne rette ryggen og ligesom tårne mig over ham, når behovet meldte sig. Mit hoved begravede jeg ind mod hans brystkasse,

og derfra rykkede det i hele min krop,

da jeg begyndte at hulke ind imod ham.

Det var symbolsk på én måde at græde

ind i min fars bryst, for han havde altid

fortalt både mig og Matti, at folk, som

græder, græder kun fordi de har været

stærke alt for længe. Han tyssede ikke

på mig, han shushede heller ikke min

gråd, han stod der bare med armene

omkring mig og holdt fast i mig, imens

jeg græd. "Bare rolig, sønnike, om så jeg

skal vende hver en sten på denne

planet, så skal vi nok finde Matti

sammen." Og igen, han vidste som altid

lige præcis, hvad jeg havde brug for at

høre. Min gråd stilnede af og tårerne,

der havde trillet i eskapader ned ad

mine kinder, tørrede ud. "Far?" Jeg trak mig lidt tilbage, så vi kiggede hinanden i øjnene. "Hvordan vil vi bære os ad med at finde Matti igen?" I et kort øjeblik kunne jeg se noget, der mindede om tvivl flakke i hans øjne, men så kortvarigt, at jeg ikke kunne sætte ord på hændelsen. "Sådan som vi altid har gjort det, når vi for vild for hinanden. Vi gi'r ikke op og bli'r ved med at lede, indtil vi finder ham." Jeg nikkede på hovedet.

Kender Du Det?

Alene stod jeg foran dobbeltdørene.

Min far var blevet kaldt ud til Tunnel

Edema for at observere endnu et nyfundet materiale, som efter sigende skulle have helbredende egenskaber. Dagen forinden havde vi snakket med Abraham fra Højesterådet om, hvad der skulle til for at finde de kidnappede folk fra de forskellige tunneler, heriblandt min lillebror Matti. Jeg bankede på dørene, og man kunne sagtens høre genklangen af ekkoet inde fra Ældrehjemmet. Der gik et øjeblik, og så endnu et. Intet skete. Denne gang bankede jeg hårdere på, og tre bank fremfor to. Dørene åbnede og jeg så ind i Nathaniels forhutlede ansigt. Han så både morgensur og uforberedt ud på dagens spektakler. "Hvad vil *du* her?" vrissede han til mig. Af alle de medlemmer af Højesterådet, jeg havde kunne få i tale, var han den værste. Han skulle altid rette bemærkninger mod en, og sjældent den positive af slagsen. Hans evne til altid at finde noget negativt at sige om en var umulig at replicere. "Jeg har en aftale med Abraham." "Nå, så det mener du? Vi har hverken tid eller evne til at hjælpe ballademagere som dig." Det var sandt det han sagde. I mine yngre år havde jeg været en værre rod, en slem af slagsen også, for jeg lavede ballade, lige hvor jeg kunne. Sammen med min bror blev vi hurtigt kendt i byen som de to rødder. Når det så var sagt, så var Nathaniel også noget af en quisling. Han lagde aldrig skjul på sit humør og det var altid vrissent, ugideligt eller uentusiastisk. Jeg prøvede igen, "Han sagde, at I ville diskutere jer frem til en løsning på vores forsvundne menneske-problem." "Ha! Der skal et mirakel til, at vi overhovedet tør røre ved Jordvogterne, vi ved intet om dem udover, at de nupper os mennesker fra den ene ende til den anden. Vi kan intet stille op for hverken at forhindre eller stoppe problemet." Jeg stod som lammet, selvfølgelig var det her deres svar, de var lige så hjælpeløse som alle os andre. Jeg havde bare gået og håbet lidt på et mirakel af en eller anden slags, for hvordan skulle jeg ellers få min kære lillebror igen. "Jamen… hvad med Matti?" Jeg kiggede ind i

Nathaniels ubarmhjertige øjne og så ikke engang genskindet af medlidenhed, bare en kold, gennemtrængende ligegladhed. Jeg stod fortsat ved dørkarmen og ledte febrilsk inden i mit eget hoved efter bare et eller andet svar. Men mit hoved forblev tomt for idéer, og jeg følte ikke, at der var mere mig og Nathaniel havde at snakke om. Fremfor at sige mere, så vendte jeg ryggen til ham og gik min vej. Jeg sparkede til en tilfældig sten, som lå midt på vejen. Jeg havde brug for en plan, et eller andet måtte jeg gøre for at redde Matti. Mit hoved var fyldt med tanker, men ingen, som jeg kunne bruge til noget. Udgravningerne var gået i stå efter gårsdagens forsvindinger, det var blevet meldt ud,

at alle udgravningshold skulle stoppes.

Der skulle efter sigende også være holdt

et møde for alle voksne, over atten år.

Selvfølgelig var aldersgrænsen for høj

til, at jeg kunne være med. Dog var jeg

fortrøstningsfuld, for imens jeg gik og

sparkede til den her sten langs gaden,

faldt det mig lige pludselig ind, at alt og

alle havde en svaghed. Selv disse

videre-evolutionerede væsner.

Spørgsmålet var blot hvad det så var, og

så huskede jeg snakken om det nye

materiale, som udløste epileptiske

anfald hos mennesker, hvad mon det

gjorde ved jordvæsnerne. Jeg var nået

til min destination, min fars kontor og

laboratorie, som han delte med tre

andre, som var en blanding af

arkæologer og arkæologstuderende.

Jeg sneg mig ind ad den første dør og

ind af entreen, hvor man normalt

hængte sin jakke op og smed sine sko.

Men jeg beholdt både mine sko og

jakke på, jeg var nemlig på en hemmelig

mission indledt af mig selv. Jeg vidste

godt, hvor alt var, for min far havde før

haft både mig og Matti inde og se hans

arbejdsstation. Ham og de tre andre

identificerede nye grundstoffer,

materialer, sorter af sten, grus og hvad

ellers, der blev fundet under

udgravningerne af de nye tunneler. Det

blev altsammen bragt til deres

opmærksomhed, så de i fællesskab

kunne finde ud af hvad det var og

hvilken funktion, det havde. Efter entreen var der en lang gang, som ledte ned til bl.a. to små kontorlokaler og et stort mødelokale efterfulgt af laboratoriet, hvor de studerede de nyfundne materialer. Det var først nu, at det faldt mig ind at jeg nok skulle have taget et par handsker med. Hvis jeg skulle røre ved det nye materiale med mine hænder, risikerede jeg et epileptisk anfald selv. Først nu indså jeg hvor spontan og impulsiv min plan var, og hvor lidt jeg egentlig havde gennemtænkt den, inden jeg satte ud for at udføre den. Dog var jeg drevet af en indre ild, en indre flamme, der hverken flakkede eller svækkedes af nyheden. Den brændte bare kraftigere,

for des tættere jeg kom det nye
materiale, des tættere kom jeg på at
kunne tage kampen op for alle de
kidnappede mennesker. Gangen var
passeret og lagt bag mig, entreen også,
der virkede tomt i dag. Jeg sneg mig
hen til vinduerne, ind til laboratoriet og
smugkiggede fra mit skjul bag en
halvvæg. Der stod vialer og cylindere af
forskellige størrelser på bordene, nogle
med indhold i, andre med væsker og
nogle med slet ingenting i. Jeg vidste,
hvor alt var, også de nyeste fund de
gjorde sig. De blev nemlig opbevaret i
et lokale for sig, bagerst inde i
laboratoriet. Jeg tog et dybt åndedræt,
tog mod til mig og begav mig så ind i
laboratoriet. Visse af de

cylinderformede vialer havde også selvlysende teonid i solid form, isoleret fra alt andet. Jeg var vildt nervøs både for at komme til at vælte noget, men også af frygt for at blive opdaget. Ville nogen af de arbejdende folk vende snuden mod laboratoriet fra deres feltarbejde. Efter et par ekstra dybe åndedrag, kravlede jeg på alle fire ind igennem laboratoriets borde og stole og nåede frem til målet, baglokalet med nyfundne materialer. En vial så ekstra indbydende ud, den havde en label på sig med navnet "Mithrilium", og det ord var så mystifistisk, at jeg simpelthen blev nødt til at undersøge det, så det gjorde jeg. Jeg tog vialen op og undersøgte den på tæt hold. Underligt nok vejede den nærmest ingenting, selvom det udhuggede sten lå i en solid klump på bunden af vialen. Efter nærstudering af den, lagde jeg mærke til den blide glød som klumpen skinnede med, det var en nærmest rødlig lyseffekt, som skinnede lige op i ens visir. Der var en prop på vialen, så den var lukket for. Jeg kunne dog ikke dy mig og hev proppen af og prøvede at lugte til mithriliummet. Det lugtede brændt af træ, som noget man lige havde afbrændt, og hvis glød var ved at gå helt ud. Efter et enkelt snus trak jeg mig lynhurtigt væk fra vialen og den afbrændte lugt. Den var ikke fæl men ej heller rar. Det var som en cocktail hvis' smag hverken stødte eller tiltrak en,

men som man heller ikke havde lyst til
at smage på igen, hvis man blev budt på
en tår nummer to. Nu manglede jeg
bare at finde ud af, hvilken effekt det
havde på jordvæsnerne, og om det
kunne bruges som et våben. Tingene
var så småt ved at falde i hak og på
plads i en sådan grad, at jeg havde
genfundet håbet og troen på at min
bror ikke var helt fortabt. Vores
koloniale livsstil gjorde, at i vores
kolonisering af planet tre, havde vi som
art på forhånd allerede gjort os kloge på
så mange af de ukendte materialer og
jordarter, der fandtes på planeten,
inden vi begav os ud for at kolonisere
den. Én ting var sikkert, mithriliummet
var det nye materiale, de havde fundet

forleden, og ved berøring for et menneske, paralyserede det én. Hvad det ellers kunne, var jeg spændt på at finde ud af. Pludselig hørte jeg en lyd. Det var lyden af sko inde i bygningen, men ikke uden for laboratoriet hvor jeg befandt mig. Jeg kiggede op fra min nuværende position i baglokalet. Jeg tittede lige hovedet ud mod vinduerne, der adskilte laboratoriet med entreen og den lange gang, der førte mod laboratoriet udefra. Ingen var at se, men jeg begyndte nu også at kunne høre stemmer, der blev højere. De var på vej i min retning. Jeg fandt mig selv være på randen af panik. Det her havde ikke været en del af min plan, og den eneste udgang var ud igennem entreen.

Så fik jeg en åbenbaring. Hvis nu jeg kunne gemme mig under et af de mange katedre i laboratoriet, kunne jeg muligvis kravle ud på alle fire, inden nogen så mig. Jeg fandt et af de større katedre og kravlede ind under det og så holdt jeg ellers vejret i spænding.

Stemmerne var nu så høje, at jeg kunne høre dem, og jeg genkendte hurtigt Dions stemme som værende en af dem.

"Det var tydeligvis ikke et større fund. En sten som vores hakker går i stykker af at slå på. Det er nu engang over halvdelen af alle de stenarter, vi har udgravet." "Tja, men enhver stenart er værd at undersøge… især hvis det på en eller anden måde kan laves om til et våben, så vi kan kæmpe igen mod de her monstre, der nupper os en ad gangen…" Stemmerne var nu nået ind i laboratoriet, og jeg kunne høre dem rasle med deres vialer. Et hurtigt kig fra mit gemmested og heldigvis var det min chance for at slippe væk. På alle fire begyndte jeg lige så stille, som jeg overhovedet kunne at kravle hen imod døren ud til gangen med mithriliummet stukket ned i en af mine lommer. *Pyha, jeg nåede det,* tænkte jeg, da jeg sad på alle fire ved udgangen fra laboratoriet. Jeg kravlede videre langs skillevæggen, der adskilte laboratoriet fra den lange gang med de to mindre rum og mødelokalet. Da jeg ikke længere var til at se fra laboratoriet af, rejste jeg mig op og stak næsen i sky og listede stille og roligt hen mod entreen. Jeg var der næsten nu. Døren gik op til entreen, og ind trådte Jarl. Jeg stod ansigt til ansigt med min far og min skyld lå som et tykt lag af ansigtsmaling over mit ansigtsudtryk. "Sønnike, hvad laver du her?" spurgte min far, og jeg trak lidt på skuldrene og svarede så: "Jamen, jeg ledte efter dig såmænd." Min far havde altid været som en løgnedetektor både overfor mig og Matti, vi havde endnu ikke fundet ud af hvordan vi skulle lyve over for ham og faktisk slippe afsted med det. Begge mine hænder var dybt begravet i mine lommer, og helt ubevidst lukkede jeg af med mit kropssprog. "Hmm… det er du altid velkommen til, men det virker som om der stikker noget under dit besøg." Jeg smilede straks og svarede prompte, "det er der skam også, jeg ville se om jeg mon ku' låne dig med ud i Tunnel Opheus, så jeg ikke skulle alene på udflugt." "Det kan du altid, lad os tage af sted straks, jeg gi'r lige besked til de andre sludrechatoller i laboratoriet, og så er jeg der." "Perfekt!" udbrød jeg straks derefter. Jeg stod og skiftede fra den ene fod til den anden grundet rastløsheden, der havde sat sig i mine led. Med den ene hånd klemte jeg om vialen i min lomme, halvt for at sikre, at den stadig var der og halvt, fordi jeg var nervøs. Nervøs for at blive opdaget, og nervøs for ikke at slippe ustraffet afsted med min fangst. Efter et kort øjeblik var

Jarl tilbage, og i fællesskab begav vi os ud på udflugt i Tunnel Opheus. Opheustunnelen var ikke den største, faktisk var det den mindste af sine to søskendetunneler. Den var lang og snørklet, og havde flere udspring, der ligesom ledte ud til hver sin mindre tunnel, tre af slagsen, for at det ikke skulle være løgn. Det var en tredelt tunnel og hver af de tre udspring gik i hver sin retning, to af dem mod en sydøstlig retning og den sidste i en nordvestlig retning. Nervøsiteten havde sat sit præg, og jeg tror ikke, jeg var særlig god til at skjule min skyldfølelse, men jeg var på en mission, og når det gjaldt min bror, var intet godt nok, det kunne altid blive bedre. Vi var inde i en af de sydøstlige tunneler. Min far havde en teonidlampe i hånden, og vi havde gået og småsludret fra laboratoriet og helt ind i tunnelen. Vi havde snakket om Højesterådet, medlemmerne, til dels Nathaniel og hans ugidelighed og Abraham og hans tomme løfte. Derfra havde vi snakket om os mennesker og vores plads på denne nye planet, hvordan at alt det der med at en ny planet var lig en ny start og andet volapyk, som vi ikke troede på. Dog delte min far ud af sin visdom og nævnte et gammelt ordsprog, hans far altid havde sagt til ham, når de snakkede om hvordan fremtiden så ud. "Der er ingen verden uden for Verona", plejede han at sige. Det betød, at det eneste rigtige hjem, man havde, var det hjem, man selv valgte at kalde hjemme. Vi stod lidt i tunnelen og snakkede, men så faldt stilheden ligesom over os som et tykt tæppe, vi lå begravet under. Jeg sukkede og kiggede over på min far, han stod med øjnene rettet mod sine fødder. Selv vidste jeg ikke, hvad jeg skulle sige for at lette på den spændte atmosfære, der hang over os.

Mithriliummet var stadig sikkert gemt væk i min lomme, og jeg havde noget testning, der skulle overstås. Jeg havde dog brug for hjælp til dette, og min far kunne ikke vide, hvad jeg havde gang i. Jeg måtte holde det hemmeligt overfor ham. "Far... savner du også Matti?" Min fars blik steg til vejrs, og han kiggede ind i mine øjne, imens han svarede,

"Hvert øjeblik uden ham minder mig om, hvor dybt savnet af ham sårer mig. Intet og jeg mener intet, kan erstatte ham, men med eller uden Højesterådets hjælp, skal vi nok få ham tilbage. Mit job giver mig visse fordele, og så snart vi finder et våben til at bekæmpe jordmonstrene så vender vi kampen til vores fordel." De her monstre kom altid uanmeldt og angreb os altid når vi mindst ventede det. Halvdelen af tiden rendte jeg rundt med sorgen af min bortførte broder og den anden halvdel, var jeg konstant bange for, selv at ende med at være det næste offer for kidnapningen. Vi vendte snuderne hjemad, og jeg var ikke blevet det klogere på min modstander, men håbet var der stadig. Jeg havde succesfuldt fået nuppet mithrilium til eget forbrug. Jeg havde dog brug for en partner-in-crime, og jeg vidste lige, hvem jeg skulle henvende mig til. Efter aftensmaden forlod jeg mit hjems trygge rammer og skiftede dem ud med gadens virvar og menneskemylder. By enogfyrre kom altid til live efter aftensmaden, der havde folk fri fra udgravningsekskursionerne og havde tid til at nyde bylivet, enten tage ud og gå i vores oplyste gader eller bare mødes diverse steder. Blandt andet blev byens pub ofte brugt af den voksne generation som mødested om aftenen. Den yngre generation, ja se det er en helt anden snak. Vi mødtes i gaderne og lavede ravage, hvor end vi kom, eller legede forskellige lege, gemmeleg, tagfat, Jordens Vogter eller vinkegemmer. Jordens vogter var min yndlingsleg. Det man gjorde, var, man valgte ét barn til at være Jordens Vogter. Alle andre skulle så finde en gyde at være i, og der måtte maksimum være to børn per gyde. Vogteren skulle så ud at inddrive de gemte børn, og per to børn han så indfangede, måtte han vælge et af de indfangede børn til også at blive en vogter, indtil alle børn var indfanget. Legen blev hurtigt en karikatur af gemmeleg, bortset fra, at når man først var fanget kunne man ikke slippe væk igen. Og derudover blev

legen hurtigt afsluttet. Hvis man først
var fanget, gjaldt det bare om at blive
en vogter hurtigst muligt, så man kunne
være med til at have en stribe børn bag
sig. Jo flere man indfangede, jo større
hyldest fik man til sidst. Dér havde den
første vogter en fordel, men det gjorde
ikke spor. Nu havde jeg gjort det igen,
stået helt opslugt i mine egne tanker.
Det var blevet aften. Teonidlamperne
gav et behageligt skær her sidst på
dagen. Jeg var i gang med at opsøge
min bedste ven, Seraphim. Han var der
altid, hvis jeg bad om hjælp til det
mindste, og ligeså stillede jeg altid op,
hvis han nogensinde bad om hjælp til
noget, stort eller småt. På den måde var
vi meget sunde for hinanden, men vi

var også lidt sykofantiske i den forstand, at når vi var sammen, var man aldrig helt sikker på, hvor man havde os. Jeg satte ham ind i situationen, og straks havde han en plan om, hvordan vi ville bære os ad med at lokke et af monstrene tæt nok på til at kunne efterteste mithriliummets effekt på det. Seraphim var to år ældre end mig, sytten år gammel, og han var en ekspert i hævn. Især overfor folk, der mobbede. Han hadede mobbere, og lige der var vi faktisk meget ens. Hans plan gik ud på at vi dagen efter meldte os til udgravning i Tunnel Edema, den tunnel hvor allerflest mennesker var forsvundet fra, eller nærmere sagt blevet bortført fra. Planen havde en brist. Vi skulle have mithriliummet med os på morgenens udgravning. Dog var den bedre end enhver plan, jeg havde kunne tænke mig frem til, så jeg sagde ja til, at det var den plan, vi fulgte. Han gav min skulder et klem og sagde: "Vi skal nok få Matti igen, du har valgt den rette fyr til opgaven," og da de sidste ord havde forladt hans læber, kunne jeg se et bredt smil forme sig. Hans selvsikkerhed og joviale charme havde altid haft en smittende effekt. Jeg smilede retur til ham, et lidt træt smil dog, for det havde været en lang dag for mig med mange strabadser.

Morgenen gryede og jeg nærmest hoppede ud af sengen, lige da jeg vågnede. I dag var dagen, jeg endelig skulle gøre noget aktivt for at få min bror retur, og et stort skridt for menneskeheden. Hvis mig og Seraphim kunne formå at gøre skade på fjenden eller på en eller anden magisk vis fange en af dem, ville vi have en kæmpe fordel til fremtidige kampe. Vi ville ikke blot stå overlegne overfor dem, vi ville trone højt over dem som en kæmpe, der ser ned på en myre. Myren var måske nok noget så stærk, men det betød intet, hvis kæmpen valgte at træde på dens hjem. I den her historie, var vi kæmpen, og de humanoide jordvæsner var myren. Jeg fandt vialen med mithrilium frem, stak den i lommen, kom i tøjet og skyndte mig ud ad døren. Jeg nærmest fløj igennem de små gader hen imod Seraphims hus. Vi havde aftalt at mødes på halvvejen. Da jeg nåede frem, stod Seraphim afventende med hænderne stukket ned i lommerne, og hans blik stirrede direkte på mig, da jeg ankom stakåndet og forpustet af at have løbet hele vejen. "Hva', er du klar på i dag kammerat?" "Klar, det kan du lige regne med jeg er," svarede jeg med et glimt i øjet og et smil på læberne. Jeg stak hånden ned i lommen, fiskede mithriliummet frem og rakte det til Seraphim, så han selv kunne se, hvor klar jeg var. Han kiggede beundrende på det og skulle lige til at række hånden frem og tage det, men så hev jeg min hånd tilbage og sagde, "Tsk, tsk, tsk, alt til sin tid, nu ikke så grådig."

Sammen tog vi turen til rådhustorvet

lige ude for Højesterådets bygning. Her

mødtes udgravningshold altid om

morgenen, inden de skulle ud at grave i

fællesskab. Vi fandt det ideelle

gemmested lidt trukket væk fra

rådhustorvet, men alligevel med god

udsigt over pladsen, så vi kunne se,

hvem der kom og gik. Vi skulle sikre os,

at der ikke var nogle udgravningshold til

Tunnel Edema på samme dag, som vi

skulle ud at prøve os frem med at

fremprovokere monstrene og endda

afprøve et våben på dem. Både mig og

Seraphim var mødt frem med handsker

på begge hænder, da ingen af os var

dumdristige til lige at have lyst til et

epileptisk anfald. Man kunne godt

mærke på os begge, at det var morgen,

for vi var i hvert fald ikke begge lige

oplagte til dagen. Men når det så var

sagt, var vi begge ved godt mod, og

man kunne ikke tage fra os vores

stålfaste beslutsomhed og valget om at

finde fjendens svaghed. I dag var vores

dag, eller rettere sagt den første af

mange dage i min søgen efter Matti, og

måden hvorpå jeg ville kunne få ham

igen. Jeg tog en dyb indånding og

mærkede efter i kroppen, om den også

var klar på, hvad der skulle foregå i dag.

Der havde samlet sig en ubeskrivelig

knude i min mave. Det var ikke fordi

den gjorde ondt, men den lå som en

tanke bagerst i hovedet, som man

prøver at undgå at skænke nogen form

for opmærksomhed, men så alligevel
kommer til at tænke over uafbrudt.

Ups, tænkte jeg pludseligt, da jeg indså,
at jeg var faldet i staver endnu engang,
fordi jeg havde stået og været så
opslugt i min egen tankestrøm. "Er du
stadig med deromme?" hørte jeg
Seraphim spørge, da jeg ikke bare var
gået i stå tankemæssigt, men også var
stoppet op og var fysisk gået i stå midt
på gaden. Seraphim var stoppet op og
kiggede bagud på mig længere fremme.
"Jaja, jeg kommer nu!" svarede jeg med
så megen energi, jeg nu lige kunne
mønstre på så kort en frist efter at være
blevet bragt tilbage til virkeligheden fra
min dybere tankestrøm. Vi gik langs de
mindre gader i byen på vej mod Tunnel

Edema. Vi vidste endnu ikke, om vores forsøg på at lokke jordmonstrene frem ville lykkes, men vi blev nødt til at prøve, for ellers skete der ingenting. Vi var selv ansvarlige for at ændre min lillebrors skæbne, jeg helmer ikke, før han er fundet. "Hvad er planen så?" Ligegyldigt hvor afklaret jeg så end var, havde jeg intet svar på hans spørgsmål, for jeg anede ikke selv, hvordan vi ville bære os ad med at lokke dem frem. Indtil videre havde der hverken været system eller rutine i, hvem de snuppede, og hvor det foregik, vi vidste dog at fra Tunnel Edema var allerflest blevet taget. Vi havde sikret os, at der intet udgravningshold blev sendt til Edematunnelen i dag, den samme dag, hvor vi havde planlagt at lokke fjenden frem og afprøve det nyeste fund, vi mennesker havde gjort os. Mithrilium, en ny stenart, som kunne fremprovokere epileptiske anfald hos mennesker ved berøring og glødede med en rødlig kulør. Sidst men ikke mindst lugtede stensorten småbrændt eller som noget, der var i gang med at askes, men endnu ikke havde opgivet at brænde på ny. Mig og Seraphim, min bedste ven, var på missionen, han havde straks, da jeg bad ham om hjælp, fundet på vores nuværende plan. Om den var god eller dårlig, havde jeg dog lidt svært ved at afgøre. Den var hverken god nok, men ej heller dårlig nok til at skrottes, og den var det

eneste bud, vi havde på at redde min
bror. Jeg var ikke hævngerrig, men
alligevel et eller andet sted dybt, dybt
inde bag afsavnet jeg led af min bror,
var der en glød, en glød, som var blevet
tændt da de bortførte Matti. Gløden
mindede mig om, at vores mission var
essentiel, ikke bare for mig og mit tab,
men for alles tab, alle, som havde
mistet en eller flere de holdt af til disse
ukendte væsner. Vi var nået frem til
tunnelen. Seraphim kiggede over mod
mig, og jeg gengældte hans blik ved at
kigge igen og trække let på skuldrene.
Jeg havde ærlig talt ingen ide, om hvad
der ventede os dybere ind i tunnelen.
Af den grund var jeg heller ikke ellevild
med idéen om os to i en mørk tunnel

kun oplyst af en teonidlampe. Som om det var ikke var nok, så var der også den megahøje risiko for at blive nuppet af arme, der sprang ud fra væggen, når man mindst ventede det. Vi gik forsigtigt fremad, to enkelte individer mod en hel art af ukendt oprindelse, men vi vidste, at de havde boet på planeten, siden længe før vi overhovedet udvalgte den som koloniplanet. Det havde vi dog først fundet ud af efter, at vi bisatte os på planeten. Udgravningsholdene havde i starten slet ikke mærket til denne ukendte art, men som vi gravede dybere og dybere, længere og længere ind, jo større modstand mødte vi. Det føltes til tider som om, der var noget under overfladen på planeten, som de ikke ville have, vi fandt frem til. Hvad dette skulle være var dog stadig langt over min fatteevne, og ikke noget, jeg gad beskæftige mit allerede travlt optagede hoved med. "Hvad så nu?" spurgte jeg Seraphim, der stod og undersøgte en af væggene i den nordøstlige tunnel. "Nu, gør vi det, vi er bedst til, vi graver videre." Og inden jeg havde set mig om, havde Seraphim på en eller anden mystisk vis trukket to hakker frem, som om han havde haft dem klar, til at jeg spurgte, hvad nu. Jeg tog den ene hakke i hånden og med teonidlampen i den anden hånd, gik vi dybere ind i tunnelen, indtil vi var der, hvor sidste udgravningshold havde stoppet. Vi gik straks i gang med at grave, det var møjsommeligt arbejde, men vi blev nødt til også at gøre vores for at lokke fjenden frem.

Mithriliummet lå sikkert i min venstre lomme. Jeg var kejthåndet, som det blev kaldt for lang tid siden eller venstrehåndet, om man vil. Efter at have tørret sveden af min pande stod jeg lige i et øjeblik. Jeg var i en konstant fight or flight-mode hvor man hele tiden er klar på, at der skal ske noget. Hver gang jeg regnede med, at der ville ske noget, skete intet. Frygten i sig selv var mere end nok bekymring, men også hele tiden at skulle være på, gjorde det bare endnu værre. Seraphim gravede også til, begge to var vi drevet af vores determination og viljestyrke, som sagt var vi sykofantiske til tider, men når det virkelig brændte på, var der ingen, jeg hellere ville have ved min side end Seraphim. "Jeg ville have gættet, at de ville have vist sig omkring nu," sagde jeg i Seraphims retning. Hans opmærksomhed blev navigeret over mod mig og han svarede, "tja, ingen kan spå om sådan ting, og jeg synes kun, at det er en god ting vi intet har set endnu... hvem siger, at det her mitrilium overhovedet virker?" "Det hedder altså *mithrilium* med th-stavelsen ikke tr-., det har bare at virke, for jeg har ingen nødplan, hvis det ikke gør." Han stod og tyggede lidt på den så det ud til, man kunne nærmest se i hans blik, hvordan hans hjerne var på overarbejde efter en ny plan. En nødplan måske endda. Jeg havde selv i noget tid, imens jeg gravede, stået og arbejdet på min egen nødplan uden succes. Det var også en ting, jeg var god til, både at falde i staver, men også blive helt opslugt af mine egne tanker og bruge for meget tid i tænketanken, eller i enrum med min hjerne. Folk havde til tider gjort grin med mig på grund af dette. Jeg tog det dog ikke tungt, for min far havde altid sagt, at dem, der driller andre, gør det kun, fordi de ikke selv har noget positivt at bidrage med. Jarl havde altid været en stensikker faderfigur for både Matti og mig, og selvom han til tider havde været sønderknust, i hvert fald da han

mistede sin kone og vores mor, så

kunne man altid regne med ham. Det

her tankespor gav anledning til tvivl.

Skulle jeg mon havde inddraget min far

i planen. "Hallo, hørte du, hvad jeg

sagde?" Seraphim snakkede til mig, og

jeg havde overhovedet ikke hørt, hvad

han havde sagt. "Nøh... det må du sgu

undskylde, jeg stod lige i mine egne

tanker." "Jeg sagde, mithrilium eller

mitrilium, du har bare at være klar, hvis

jeg står for skud, og de griber fat i mig

først." "Det er jeg også! Frygt ej, jeg

ville aldrig lade der ske dig noget mate."

"Tak, det sætter jeg pris på," han

smilede til mig ,og det var som om, at

hans smil i den her situation hjalp på

den anspændte atmosfære. Jeg blev i hvert til fald i bedre humør af det, og følte mig ikke ligeså presset på den front, som jeg havde gjort for bare et øjeblik siden. Vi gravede videre med sved dryppende ned fra vores pander, og vores hud lettere forreven og erstattet med hård hud i vores håndflader og på fingrene. Jeg var klar til at, der skulle ske noget, men intet skete og den anspændte atmosfære vendte tilbage og indhyllede os i dens inklusive tapet. Igen, tog jeg en pause fra hakkeriet og stod og inhalerede luften hele vejen ned i lungerne før jeg exhalerede den ud igen. Det var hårdt arbejde bare at hakke sig vej igennem en blanding af sten, grus og andre stensorter, vi endnu ikke havde navngivet, men som ikke voldte noget yderligere besvær. Nu skete der noget, det løb mig koldt ned ad ryggen, og jeg mærkede en isnende kulde sænke sig over mig og Seraphim i midten af vores hakkeri. "Der er noget på færde," kommenterede jeg, og vi holdt begge inde med at hakke videre og holdt vejret. Det sænkede sig over os som et solidt jerntæppe med følelsen af at vi ikke længere var alene i den underjordiske tunnel. At vi var gæster i et hus, som vi havde bygget med egen donkraft uden tilladelse fra de daværende beboere. Nu var de så kommet igen for at minde os om at vi ikke var alene under jorden på denne nye planet. De var kommet for at sætte os på plads og fortælle os hvor vi hørte til i fødekæden her på planeten. Vi var ikke i toppen, det var de, sagde de. Et sæt arme skød ud fra højre side og jeg dukkede mig og undgik dem med nød og næppe. Et andet sæt arme skød ud fra venstre side og greb fat i Seraphims ankel, han råbte til mig: "Klint, det er nu! Skynd dig!" Og jeg skyndte mig så meget jeg kunne, med at fiske mithriliummet op af lommen og så ellers lirke proppen af. Jeg tog mithriliummet i hånden og kastede mig pladask på maven hen imod Seraphim og det ukendte væsen, hvis arme var det eneste synlige. Jeg gnubbede mithriliummet på væsnets arme og der lød et skingert hyl inde bag væggen.

Seraphim og mig så begge til i en

blanding af overraskelse og chok, da

armene skiftede kulør fra jordfarvet til

en grønlig, boblende og sydende

blanding. Armene gav slip på Seraphim

og trak sig tilbage. Det andet sæt arme

som havde grebet ud efter mig,

knyttede sig til to næver og ud fra

væggen kom nu væsnets ansigt. Det var

solidt som en del af jorden og dens

mimik var ulæselig, det mindede om en

statues ansigt på alle måder. Der var

ingen bevægelse i ansigtet men det gav

ligesom et kort nik i min retning, inden

armene og ansigtet begge forsvandt ind

i væggen igen. Mig og Seraphim skyndte

at trække os tilbage til, hvor tunnelen

var bredere. Begge stod vi i et kort øjeblik og kiggede på hinanden efterfulgt af at kigge dybere ind i Edematunnelen, hvor vi begge næsten lige var blevet nuppet fra. Men vi var her stadig, og forsøget med mithriliummet havde været en succes, det virkede. Mit hjerte bankede i mit bryst med topfart, som om det var med i et formel-1 ræs, og mine hænder var dækket i sved, som også havde vædet min pande. Jeg var bange, skrækslagen og alligevel følte jeg mig uovervindelig, overlegen endda, og stærkere end nogensinde før. For første gang i lang tid følte jeg faktisk, at der var håb for Matti, et håb som jeg før havde måtte leve med, kun eksisterede i min egen fantasi. Nu havde det dog hold i noget virkeligt, og mig og Seraphim var begge sluppet væk uden nogle værre skavanker. Det var den bedste nyhed jeg i lang, lang tid havde haft, og jeg var ved bristepunktet bare ved tanken om at skulle gå med den alene. "Det virkede faktisk…" Seraphim stod også og kiggede med et halvtomt blik nedad i tunnelen. "Ja… det gjorde det, og vi slap begge med livet i behold. Min plan var en succes." Selvom jeg ikke var meget for at give ham al kredit, var der alligevel noget om snakken, hans plan havde virket, og vi havde nu et våben, der kunne bruges mod fjenden. Jeg måtte simpelthen berette det til min far. Som vigtigt medlem af arkæologerne, ville han vide, hvad vi skulle gøre videre for at få organiseret en form for enhed, der kunne bruge dette våben mod fjenden. "Lad os vende snuderne hjemad, jeg skal snakke med min far." "Det synes jeg, lyder som en god idé, folk skal vide om våbenet. Vi har brug for håb især i denne dystre tid." Det havde han helt ret i, for det havde været en dyster tid, hvor vi mennesker levede i konstant frygt. Nu havde vi noget, der ikke bare kunne give os håbet tilbage, men også de folk som var blevet taget af fjenden. Det føltes, som om jeg fløj igennem gaderne, også selvom det kun var i løbetempo. Seraphim og jeg var gået hver til sit. Jeg var på vej hjemad for at se, om min far var der. Da jeg nåede ind ad døren, var jeg klar til at fortælle sandheden. Selv om jeg sådan set havde stjålet mithriliummet så måtte det, at mig og Seraphim havde afprøvet det på jordvæsnerne, tælle for noget. "Hallo?" jeg anmeldte min ankomst hjemme, ved at høre, om der var noget svar. Der var intet, ingenting, nada, nul. Med mithriliummet kunne vi nu tage kampen op mod fjenden, men om vi ville vinde, var stadig uklart. Der var lige den éne ting, at de ikke blot var en del af planeten selv, som vi havde koloniseret, men de kunne bevæge sig igennem solide materialer uden besvær. En gave som vi mennesker var langt underlegne i sammenligning med.

Det, at vi nu kunne tage kampen op, var ikke nok, det var bare en gnist af håb, vi manglede stadig noget altafgørende, der kunne få os i føring udover blot et våben. Vi manglede en hærfører og en hær, som kunne bruge det her våben i kamp mod planet tres monstre. Her var ingen. Næste sted, jeg naturligvis ville lede efter Jarl, var på hans arbejdsplads.

Gode Nyheder

"Klint, hvad laver du her?" "Jeg er her for at fortælle dig noget, far." Min far og jeg havde mødtes i entreen til hans arbejde, hvor jeg den forrige dag havde stjålet mithriliummet fra inde i et baglokale bagerst i laboratoriet.

"Fortælle mig hvad?" "Jo ser du, mig og Seraphim var ovre og udgrave i Tunnel Edema, da vi næsten blev nuppet..."

"Ovre at grave helt alene? Hvorfor ville I gøre noget så dumt?" "Far, jeg er ikke færdig med at fortælle." "Nej, men du er da også lige ved at give din gamle far et hjerteslag med de nyheder, du beretter." Jeg trak lidt på skuldrene og fiskede mithriliummet op fra min lomme. "Ser du, jeg tog det her i går, og vi valgte at afprøve det på monstrene, der bor i væggene." Min far rømmede sig og spurgte derefter i en alvorlig tone, "Og hvor har du så det fra, Klint?" "Tja... herfra jeres baglokale. I går da her ingen var, tog jeg det med mig, du fangede mig med hænderne i kagedåsen, men jeg løj for at slippe væk." "Ja, det husker jeg godt, og hvad plejer jeg at sige om at lyve?" Jeg kiggede ned i jorden på mine fødder og svarede svagt, "At lyve skader kun en selv, for dem man lyver overfor, finder ud af det før eller senere." "Bravo, det kan du huske og alligevel forbrød du dig for at slippe afsted med en plan, der kunne have kostet mig min anden søn?" Min far lød vred, og da jeg kiggede op for at se, hvordan han så ud i ansigtet, kunne jeg godt se på ham, at han var skruptosset. Han havde for vane at skue vredt på en med øjenbrynene trukket godt sammen, så han nedstirrede en noget så grusomt. "Undskyld." Jeg kunne ikke lige finde på andet. Her stod jeg så med mithriliummet i hånden og var stadig usikker på, om han ville tilgive mig. Inderst inde vidste jeg jo godt, at jeg havde gjort noget forkert, men når Højesterådet slet ikke agerede på min brors forsvinden, måtte jeg selv gøre noget. Så det havde jeg gjort, og nu stod jeg her og undskyldte overfor min far, selvom jeg slet ikke havde fortalt ham det bedste endnu. "Men jeg bringer også gode nyheder... oveni min undskyldning selvfølgelig." "Og hvad er det?" Nu var min chance for at vinde lidt ekstra point. "Vi afprøvede mithriliummet på væsnerne, der bliver ved med at nuppe mennesker ustandseligt. Det var en succes, far. De kan heller ikke tåle det bedre end os, de svulmer op og bliver helt grønlige i huden. Det er et våben, som vi kan bruge imod dem." Vi stod begge i et par sekunders stilhed, inden han reagerede. Hans ansigt lyste op i et smil, og han sagde så: "Selvfølgelig, du savner også Matti og vil gøre alt for at få ham igen. Din hybris kan jeg tilgive, for jeg ville selv have gjort det helt samme i din alder, men det ændrer ikke på at du skal straffes, for selvom din hensigt var ren og god, skabte det stadig kaos i laboratoriet i dag, at mithriliummet ikke var, hvor vi sidst lagde det." Det forstod jeg selvfølgelig også godt, det jeg havde gjort var tyveri, og tyveri straffes. Min far valgte også at give mig stuearrest i fem dage hvor jeg ikke måtte forlade

vores hjem. I mellemtiden ville han

sørge for at de rigtige folk fik at vide om

mithriliummet og dets effekt på

væsnerne. Vi havde også snakket om, at

der ikke var en regel uden undtagelser,

og han havde stort set tilgivet mig, at

jeg havde nuppet mithriliummet til

afprøvelse selv, men sagde, at jeg også

måtte huske at respektere autoriteten.

Dog var stuearresten ikke alt for

kedelig, for Seraphim og mig havde den

her ordning med, at hvis ikke vi så

hinanden ude i gaderne, kom han forbi

og bankede på mit vindue, indtil jeg

åbnede det. I dag var ingen undtagelse

fra den regel og da jeg hørte ham banke

på mit vindue, skyndte jeg mig hen og

åbne det. Jeg boede på første sal, så der skulle lidt klatring til, før man var ved mit vindue. Men det havde aldrig stoppet Seraphim. Han var loyal og også til at regne med, når det virkelig gjaldt. Begge kvaliteter jeg altid havde fundet uerstattelige og værdifulde. "Hva' er meldingen skipper?" Jeg storsmilede af hans spørgsmål og gjorde plads, så han kunne kravle sig vej ind på mit værelse. "Tjo, jeg fik stuearrest i fem dage, men i mellemtiden vil Jarl gøre det nødvendige for at vi kan anvende mithrilium som våben." "Det lyder slet ikke så slemt endda, fem dage… hm, med din fars urokkelige retfærdighedssans havde jeg regnet med mindst ti." Vi grinte begge af

Seraphims kommentar. Han havde helt ret, min far havde altid haft en stærk retfærdighedssans, og ærlighed var et af hans kendetegn. Noget som jeg i min yngre alder ikke forstod at værdsætte, men som jeg var blevet ældre, havde lært at holde mere og mere af.

"Hvordan har du det oven på i går makker?" "Ha ha, jeg har i dag bøvlet lidt med skrækken, fra da jeg blev grebet fat i, jeg fik ikke bare et chok, jeg følte også deres tilstedeværelse. Det var som at få isvand kastet på sig. Det isnede ligesom i hele min krop lang tid bagefter." "Mmh, den følelse havde jeg også. Det føltes som om noget koldt løb mig ned ad ryggen, da de viste sig, det var en blanding af held og hurtig

reaktionsevne, at jeg ikke også blev
holdt fast. Så havde vi først rigtig været
i saksen. Alene tanken, om hvad de
mon gør med dem, som de bortfører,
giver nok anledning til søvnløse
nætter." Det gibbede i mig og jeg følte
en uro lægge sig over mig som en
kappe, der først nu var begyndt at
indhylle mig komplet. Seraphim sagde
intet, men lagde hånden på min skulder
og gav den et klem. Den kolde, isnende
fornemmelse som havde lagt sig over
mig, blev hurtigt erstattet af en varme,
en varme, som jeg kun fandt i samværet
og venskabet mellem ham og mig.

"Bare rolig, det er derfor jeg er her."
Hans skulderklem forvandlede sig til et
kram og vi holdt godt fast, som om vi

begge var bange for, at det hele bare

var en drøm, og at vi faktisk var blevet

kidnappet dagen forinden. Vores kram

sluttede, "Jeg er skam rolig, du er jo ved

min side." Seraphim skulle lige til at sige

noget, men stoppede så sig selv og så

eftertænksom ud i et øjeblik, inden han

så snakkede igen: "Nu kan det godt

være jeg spiller lidt op til ballade, hæ

hæ, men hvad siger du til at vi får dig ud

herfra på trods af din stuearrest?" Selv

måtte jeg lige overveje konsekvenserne.

Mine fem dage kunne hurtigt blive til ti

hvis jeg blev opdaget, men på den

anden side kunne jeg også være heldig

og slippe afsted med lidt ballademageri.

"Hm, nu du siger det, lyder det slet ikke

som en så dum idé. Jeg er jo snart

seksten, så mon ikke jeg kan slippe afsted med en brøkdel ballade? Havde du noget bestemt i tankerne?" "Tja, jeg har hørt fra de andre, at de ville lege Jordens Vogtere igen i gyderne omme bag Rådhuspladsen." "Lad os gøre det!" Jordens vogtere var af alle de lege, vi legede min yndlings. Jeg elskede hvordan én vogter snildt kunne blive til to og udviklingen i spillet. Det startede ud meget uskyldigt med kun en vogter, men som folk blev fanget, krævede det ligesom, at man skulle være hurtig både til at undgå vogterne, men også holde sammen med de andre flygtende. Således gik resten af eftermiddagen på min første stuearrestsdag hurtigt med leg i gaderne med de andre unge fra kvarteret. By enogfyrre var opdelt i tre kvarterer, som var opkaldt efter den tunnel, de lå tættest på. Det vil så sige kvarter Alpin, kvarter Edema og kvarter Opheus. Min familie var bosat i kvarter Edema, tæt ved Edematunnelen, som jeg slet ikke var fan af, modsat de andre tunneler. Hvor Tunnel Alpin var den største og Opheus den mest snørklede, var Tunnel Edema en lang korridorlignende gang, snæver, smal og visse steder, skulle man faktisk bukke sig for at bevæge sig i den. Den var ubekvem, ubehagelig og fik mig altid til at tænke på gyserhistorier, for hvis der var en tunnel hvor man allernemmest kunne blive bortført fra, så var det Edematunnelen. Dagen forsvandt lynhurtigt, fordi vi havde det sjovt, jeg var dog hjemme før lampernes belysning af gaderne blev dæmpet, og tidsnok til ikke at blive opdaget. Jeg lagde mig til rette i min seng og fandt en af mine bøger fra reolen frem. En af dem, jeg endnu ikke havde læst, for jeg læste en del. Man ville tro, at i skiftet fra Jorden til en ny planet, ville kulturarven gå tabt. Normalt ville det også være tilfældet, men mine forældre havde altid bakket mig og min bror op i at læse. Vores mor var forfatter, og hun skrev alle mulige historier, og mange af dem var vi vokset op med som godnathistorier fra hendes mund. Bogen jeg læste hed "Fra forår til efterår", og den handlede om en ung

dreng, hvis liv blev vendt på hovedet.
Pludselig en dag vågnede han op og
hans stille og fredelige tilværelse blev
hurtigt skiftet ud med en travl og
stressende hverdag. Hvorfor undrer du
dig sikkert, og lad mig fortælle dig
hvorfor. Fordi han opdagede, at det liv
han havde levet, var en løgn, og i hans
verden var der et skel, der skilte hans
verden fra de andre verdener, der ellers
lå lag på lag på lag. Drengen hed Henrik,
og han mindede mig om mig selv på
mange punkter. Han var ambitiøs,
drevet og på trods sin unge alder, kun
tolv år, vidste han oftest mere end de
voksne, han snakkede med. Sådan følte
jeg det også til tider, især fordi jeg kom
fra en vellæst familie, hvor det at kunne

skrive, læse og snakke godt var noget, vi
satte en ære i. Matti og mig skændtes
ofte om alt fra små til store ting, men
en ting vi altid nåede frem til var en
konklusion. Hvem der så end vandt fik
æren som præmie. Vattet præmie for
nogle, men for os var æren det
allervigtigste. For folk, som kendte til
det der med at sætte en ære i noget,
var tit de mennesker vi gik godt i spænd
med. Jeg havde nået aftenens mål: to
kapitler læst. Jeg satte mit bogmærke i
bogen og stillede den yderst på min
bogreol, så jeg nemt kunne se hvilken
bog jeg havde gang i. Jeg slukkede for
min læselampe og lagde mig til at sove.
Jeg var trængt op i en krog. Jeg
genkendte ikke stedet, hvor jeg befandt

mig. Det var et cirkelformet rum under

jorden, og der var dårlig belysning,

faktisk var den eneste lyskilde to lamper

som hang på en væg bag mig. Af en

eller anden grund lyste de ikke særlig

kraftigt. Faktisk var det, som om de var

ved at dø ud for lyset flakkede, og da

jeg vendte mig om og kiggede på

lamperne kunne jeg se, hvordan deres

belysning blev mindre og mindre. Så så

jeg ham. Min lillebror Matti lå på jorden

foran mig. Jeg løb hen ved hans side,

satte mig på knæene på jorden og

ruskede i ham. Han vågnede ikke. Han

var kold og våd på trods af, at der intet

vand var at se noget sted i det rum, vi

var i. Jeg ruskede hårdere i ham, jeg var

helt overbevist om at han stadig trak

vejret, for jeg kunne se, hvordan at hans bryst hævede og sænkede sig i takt med at han trak vejret. Han måtte stadig være i live, men hvorfor kunne jeg ikke vække ham. Ud fra væggen foran mig trådte et af monstrene ud i lyset. Dets krop mindede om et menneske med et sæt arme og et sæt ben, et styks hoved, brystkasse og ryg ligesom vores, men det var jordfarvet over det hele og havde hverken øjne, mund eller næse. Dens ansigt var fladt, og der var ingen tegn på, at det kunne snakke. Endnu to kom nu ud fra væggen og der var tre styks væsner foran mig, der sad på knæene ved Mattis ubevægelige korpus. "Gå væk!" Jeg råbte ad dem, for jeg var i en feberagtig tilstand. Koldsved kunne mærkes i mine hænder. Jeg var bange, endelig var min bror og jeg sammen igen, men de lod os ikke være. Hvad ville de mon nu, som om det ikke var nok, at de havde bortført os begge. To af væsnerne blev ved med at bevæge sig tættere på min bror og mig, den tredje blev stående helt stille ovre ved væggen og gjorde ikke mime til at bevæge sig. "Skrid med jer!" Jeg skreg af mine lungers fulde kraft. Jeg slog øjnene op, det var morgen og jeg lå i sengen på mit værelse, det havde bare været et mareridt. Jeg gad ikke stå op. Drømmen havde på en eller anden måde gjort, at jeg vågnede op træt fremfor udhvilet. Jeg kunne slet ikke overskue dagen. Jeg

havde selvfølgelig stadig stuearrest,
selvom det ikke havde stoppet mig i at
smutte ud i går. Mon jeg ville have lige
så meget held i sprøjten, hvis jeg
prøvede at gentage gårsdagens succes i
dag. Tankerne fløj af sted og det var i
hvert fald ikke, fordi mit hoved var
udkørt, at jeg var træt. Måske var det
bare dagen i dag som den så ud. Det der
med at skulle ligge hjemme, imens alle
andre var ude og gøre deres for at
bekæmpe monstrene. Jeg ville også
være med til det. Jeg tog "Fra forår til
efterår" ned fra hylden og fortsatte min
læsning fra I går. Så slog det mig
pludselig. Min mave begyndte at lave
lyde, for jeg var sulten. Jeg kæmpede
mig vej ud af sengen og fandt vej til

køkkenet, hvor jeg så tog noget morgenmad med ind på værelset så jeg kunne læse straks efter, at jeg havde spist. Jeg stillede opvasken ud i køkkenet. Bagefter skyndte jeg mig ind på værelset igen til min læsning i sengen. Hvis jeg skulle blive hjemme, kunne jeg lige så godt bruge min tid fornuftigt og på noget, så tiden ikke gik så forbandet langsomt. Jeg hørte hoveddøren gå op og gik ud af mit værelse for at se, hvem det var. Det var min far. Vi havde ikke rigtig snakket om reglerne til min stuearrest, men sådan som jeg forstod den, måtte jeg gerne forlade mit værelse, hvis der var andre i huset end kun mig. "Far, hvad laver du hjemme ved denne tid?" "Nå ja, du har jo stuearrest, det havde jeg helt svedt ud." Jeg var en smule paf. Han plejede aldrig at være hjemme om formiddagen, og det var formiddag lige nu. Heldigt at det ikke var i går, han var kommet hjem om formiddagen, jeg smilede en smule ved tanken. Han anede vist ikke uråd. Jeg lavede en hurtig scanning af ham fra top til tå. Han var klædt i et par lysegrå jeans og sin sædvanlige t-shirt, hvor der var teksten "Arken" hen over brystet. Det var vistnok en t-shirt, han havde fra sine unge dage, han var altid i højt humør når han havde den på, og jeg husker at sidste gang Matti spurgte ind til den, fortalte han glædeligt dens historie. Desværre havde jeg været i mine egne tanker, og selvom jeg også havde hørt historien bag den, havde jeg altså ikke lagt den blandt de minder, som jeg lige kunne huske på kommando. "Jo Klint ser du, vi har haft travlt siden Seraphims og dit fund." Vores fund, hvad mente han mon med det. Jeg blev simpelthen nødt til lige at spørge ind til, hvad han snakkede om for at være med. "Vores fund? Du mener mithriliummet, ik'?" "Jo, det gør jeg, nu skal vi så også lige mønstre en hær, eller en flok mennesker med en eller anden form for baggrund i sikkerhed og crowd control. Nogen som kan benytte dette våben og komme med på udgravningerne i fremtiden som eskorte." "Det lyder da som en fantastisk idé!" Jeg var ellevild ved tanken om en hær af mennesker bevæbnet med mithrilium. Endelig skete der noget, noget som jeg havde håbet ville ske, lige fra, vi informerede Højesterådet, men deres øgenavn fra Matti og mig af Ældrerådet passede dem meget bedre. For ikke alene var de langsomme og altid bagud med beslutninger efter vores mening, men hver gang der skulle ske noget, var det aldrig dem, der tog beslutningen. Den kom altid andetsteds fra, skuffende nok. Så min tiltro til systemet og dens evne til at agere tidsmæssigt på problemer var lig nul. Men min tillid til min far havde altid været noget, som jeg kunne falde tilbage på, når intet andet var til at regne med. Min far stod

henne ved køkkenkatederet og var i

fuld gang med at lave kaffe. "Hey far,

må jeg ikke også prøve en kop kaffe?"

"For min skyld gerne. Skal du have

mælk eller sukker til?" "Bare honning

tak, jeg har altid været lidt gladere for

honning end sukker." Han nikkede kort,

og satte derefter to kopper frem, den

ene med hank på og den anden uden.

"Hvorfor tager du to forskellige

kopper?" Han trak let på skuldrene og

svarede så: "Sådan var det altid, når din

mor og jeg skulle have kaffe. Hun

foretrak altid en kop uden hank, så jeg

har overtaget den vane, fordi den

minder mig om hende. På den måde

mindes jeg hende, når jeg drikker kaffe,

det er ligesom mit ritual og min måde at mindes hende på." Pludselig slog det mig, som et lyn fra en klar himmel. Jeg lagde mærke til, hvordan at i lige det her øjeblik virkede min far umådeligt gammel, som om al hans erfaring fra det her liv, talte for mere end bare et menneskeliv. Det var umuligt, vidste jeg godt, eller var det? Jeg kom i tanke om hovedpersonen fra "Fra forår til efterår", Henrik, selvom han kun var tolv, fik man at vide i historien, at han var et reinkarneret menneske, det vil sige et menneske, hvis mentale levealder langt overgår hans fysiske alder. En metafysisk alder om man vil, en alder som ikke gav mening, fordi for det blottede øje var det surrealistisk og uvirkeligt. Det var noget, der kun fandtes i fantasiens verden. "Her er kaffen min dreng." Min far rakte mig koppen med kaffe med hanken på. Jeg tog imod og tog en slurk. Den var både bitter og kraftig, men for mig som aldrig havde været særlig god til at drikke varme ting, var den en god vanebryder. "Tak." Ærlig talt, brød jeg mig ikke om at blive kaldt dreng, men min far havde vist haft en stresset nok morgen, så jeg lod ham slippe afsted med det denne gang uden at rette på ham.

Mithriliumshæren

P_{yha}, tænkte jeg, endelig var min fængselslignende tilstand overstået. Den sidste af de fem dages stuearrest havde været i går. Seraphim og jeg havde sneget os ud både på dag tre og dag fire også uden problemer, så jeg kunne være med til at være social i gaderne med slænget. Regelbryder, se det var en titel, jeg gerne ville have, også selvom det farvede min integritet en smule mudret. Men man er jo trods alt kun ung én gang. Nyheden var også nået mig, selvom jeg havde været

under stuearrest. Højesterådet var nået

frem til at mithriliummet skulle være til

nytte. Derfor havde de ved en

afstemning besluttet, at der skulle

dannes par af to til at være medlemmer

af Mithriliumshæren, og hvert par

skulle så med ud med mithrilium på sig

når der skulle graves videre i

tunnelerne. Se nu skete der noget. Men

dog først efter at Seraphim og mig

havde været ude og på ulovlig vis

afprøvet mithriliummet og endda stjålet

det mithrilium, som vi havde brugt til

forsøget. Man skulle være over atten år,

og helst have en fortid inden for

sikkerhed, noget security-lignende for

at egne sig til at blive udnævnt som en

soldat i Mithriliumshæren. Det betød,

at både mig og Seraphim var uegnet til

titlerne, også selvom det faktisk var os,

der havde fundet ud af, at mithrilium

overhovedet kunne bruges som våben

mod jordvæsnerne. Det var dog

begyndelsen på en ny tid, en ny æra om

man vil, en tid, hvor vi ikke længere

behøvede at være bange for at komme

på udgravningsholdene. Jeg var blevet

sat på et udgravningshold til Tunnel

Alpin i dag og var spændt på at komme

ud i tunnelerne igen efter næsten en

uge bag hjemmets trygge rammer. Ikke

at jeg ikke brød mig om tryghed, men

jeg havde altid været noget så

forfærdelig, når det kom til

nysgerrighed. Min nysgerrighed var

altid det, som fik mig i problemer. Jeg
var virkelig nysgerrig, især når det kom
til ting, jeg fik at vide, at jeg skulle holde
mig fra. Min far havde ikke direkte sagt,
jeg skulle holde mig fra gravearbejdet.
Men efter at de var påbegyndt
udgravning efter mere mithrilium, som
den eneste drivkraft bag
udgravningerne, havde han været
ængstelig. Han ville ikke fortælle mig
hvorfor, men jeg havde kunne mærke
det på ham de her dage. Måske fordi
jeg havde været mere hjemme, så hver
gang han kom hjem, var jeg der til at
lægge mærke til ham. Han havde
snakket mindre om sit arbejde, og mere
om hvilke tiltag Ældrehjemmet var
kommet på. Jeps, for mig ville de altid

være kendt som Ældrehjemmet og ikke Højesterådet, for medlemmerne var noget så omtumlet og rundforvirret, især når det kom til store beslutninger, der skulle tages. Jeg sluttede mig til resten af gruppen, der skulle ud til Tunnel Alpin. Vi gik i samlet flok fra byen og ud til tunnelen, og nu med byens nyeste tiltag, bevæbnede voksne med mithrilium ved hånden. Nu manglede vi så bare lige at greje, hvordan vi skulle komme i dialog med væsnerne, eller på en eller anden måde finde ud af, hvor de havde taget de folk hen, som var blevet nuppet. Dagen gik relativt hurtigt, især med vores nye bevæbnede eskorte. Med den var det nu faktisk blevet muligt at fokusere på graveriet uden at være totalt lammet af frygt. Efter dagens graveri vendte vi snuderne hjemad til by enogfyrre. Jeg var træt, smadret og helt igennem udkørt, men alligevel havde jeg energi til at smutte forbi rådhuspladsen for at se, hvad de andre lømler gik og lavede. Seraphim var til stede, og jeg fortalte ham om dagen, jeg havde haft. Han havde selv haft en travl dag. Han huskede nemlig Mattis forsvinden, og vi brugte noget tid på at drøfte, hvad næste led i vores plan skulle være. "Vi er ikke færdige, langt fra, vi mangler stadig din bror ved vores side." "Du har ret, men det er et kæmpe skridt i den rigtige retning. Udgravningerne har ikke haft problemer i tæt på en uge nu, siden mithriliummet blev introduceret og systematiseret." Jeg var fortrøstningsfuld, men også kun fordi der var sket så meget på så kort tid. "Takket være os," tilføjede Seraphim og han havde jo ret. Uden os havde vi stadig levet samme liv, hvor vi konstant blev nødt til at frygte for vores og andres liv ved udvidelse af tunnelerne. Der var snak om konstruktionen af en ny by, men det var stadig ikke besluttet, hvilken af de tre tunneler, der skulle lede til den. Indtil videre var det vist også kun rygter, for vi havde bare hørt snak om det i gadelivet iblandt de unge. Da jeg kom hjem, var min far også hjemme. Jeg hilste, men blev stoppet af ham. "Klint, jeg har gode nyheder og dårlige nyheder, hvilke vil du have

først?" "Helst de gode først, så rammer

de dårlige mig forhåbentlig ikke lige så

hårdt." "Jeg skal på en ekskursion

udenbys for at brede nyheden om

mithriliummet og introducere de andre

byer til tiltaget om at bevæbne vores

voksne med det." "Jamen det lyder da

som en super idé, men jeg har et

spørgsmål." Min far stod og så ret så

eftertænksom ud, da han hørte om mit

spørgsmål. "Jamen spørg bare løs, så

skal jeg se, om ikke jeg kan gi' dig et

fyldestgørende svar." "Hvad med

Matti?" Spørgsmålet hylede ham vist

lidt ud af den, for selv om man kunne

forvente, at jeg spurgte ind til ham, tror

jeg ikke, min far lige havde et svar, han

kunne give. Måske kunne han, men et svar, der faktisk også gjaldt og var 'fyldestgørende' som han havde kaldt det, og måske ikke. "Hmm, det er et godt spørgsmål Klint, jeg ved det faktisk ikke... og lige nu foregår der så meget. Jeg tror det bedste, vi kan gøre, er at sprede nyheden om mithriliummet og så tage kampen med fjenden om vores tilfangetagne mennesker bagefter."

Han havde nok ret, og det var et ærligt svar, hvad mere kunne jeg bede om. Men jeg var langtfra tilfreds, jeg ville have min bror tilbage og jeg ville ofre alt, hvis det var hvad, der skulle til, for at gøre det til en realitet. "Så lad mig tage med dig, jeg vil gerne hjælpe med at sprede de gode nyheder, og væbne flere med våbnet. Sådan som jeg ser på det, så jo hurtigere du får spredt nyheden og delt ud af mithriliummet, jo hurtigere kommer vi til, at på effektiv vis få Matti tilbage, hvad end der skal til." Min far nikkede og kiggede op på mig og ind i mine øjne med en så fast beslutsomhed, at jeg ikke frygtede det mindste. Vi skulle nok få Matti tilbage. Min far var en fighter og det samme var jeg, det var en af de fælles karaktertræk vi havde fra ham. Min mor havde været en kærlig sjæl, og min far havde aldrig lagt skjul på, hvor vild han var med hende, men også hvor meget han elskede hende. Hans kærlighed havde været ubetinget og uden skyggen af tvivl. "Hvornår tager vi afsted?" "Om tre dage. Indtil da er det planen at samle så meget mithrilium som muligt fra de forskellige tunneler og så ellers bare få det pakket ned, så vi kan transportere det. Første destination er by enogtredive. Vi tager en by ad gangen, og det er ikke engang sikkert, at det også er os, der skal til de andre byer. Nu tager vi den første by, og så ser vi derfra hvad der skal ske." "Javel!" Jeg var edderspændt, jeg glædede mig til at komme udenbys. Det var hele to år siden, jeg sidst havde været på besøg i vores nabobyer. Dengang havde det været mig, Matti og Jarl, der skulle på visit i by elleve for at se på en ny stenart, de havde udgravet. Min far var som sagt ret så vigtig inden for udgravningsverdenen, grundet hans ekstensive erfaring som arkæolog. Hans erhvervsmæssige baggrund var ret så imponerende åbenbart, så han var altid den første, de kaldte på, når de fandt noget nyt under en udgravning. Der var tre dage til at vi skulle afsted, og jeg havde allerede fortalt alle, jeg kendte om at jeg skulle udenbys også Seraphim. Først havde han lydt en smule skuffet, som om han også gerne ville med, men han havde ønsket mig god tur og sagt, at jeg måtte fortælle ham alt om det, så snart jeg var hjemme igen. De næste par dage havde jeg lagt udgravningen på hylden og så ellers bare planlagt at tage med min far på arbejde. Han skulle være med til at

bevæbne holdene på to med
mithrilium. Deres hold på fem havde
været på overarbejde i den her tid, hvor
al fokus lå på dem og deres mithrilium.
Udgravningen af mithrilium var der
også blevet fokuseret på i Tunnel Alpin
og Tunnel Opheus, hvor man faktisk
havde fundet mithrilium. Intet var
blevet fundet i Tunnel Edema. Sjovt
nok, eftersom Tunnel Edema havde
været kendt som den tunnel, hvor
allerflest nye stenarter var fundet i.

"Far, hvad skal vi nå i dag?" Jeg havde
fået lov af min far til at bruge de her tre
dage, indtil vi skulle udenbys sammen
med ham. "Vi skal ikke nå særlig meget,
vi skal ind til laboratoriet i dag og lige
hilse på Dion. Han står for fordelingen

af mithrilium, så den bliver ligeligt fordelt." Det lød fornuftigt nok i mine ører, så kunne jeg også se forskellen fra dagen, hvor jeg selv have sneget mig ud med mithrilium fra deres laboratorie til nu, hvor de havde organiseret fordelingen af mithrilium ud til folket.

"Lad os komme afsted, jeg er klar." Jeg hev min jakke over resten af min beklædning og var klar. Vi gik derhen fra vores hus. Gåturen var heller ikke særlig lang. Vi boede som sagt i kvarter Edema, og min fars arbejdsplads lå i selvsamme kvarter, heldigvis. Da vi nåede ind, var alle hans medarbejdere her. Jeg havde aldrig nået at lære alle deres navne at kende, faktisk kendte jeg kun navnet på en af dem, Dion. De andre navne var for mig ikke relevante at kunne, da jeg jo ikke arbejdede sammen med dem. De hilste alle sammen pænt, og jeg hilste selvfølgelig igen, man var jo et vanedyr og var blevet opdraget til at have manerer, også selvom der var tider, hvor jeg ønskede, at jeg bare kunne sige "fuck mine manerer". "Hvad er I så her for i dag?" Det var en af dem, hvis navn jeg ikke kendte, der spurgte, og min far svarede: "Jeg skal udenbys om tre dages tid med min søn. Vi tager til by enogtredive for at videregive nyheden om mithrilium og levere dem nok til, at de også kan grave sikkert videre på deres tunnelsystem." Det var noget jeg tog lidt for givet, men hver by havde sit eget miniprojekt med tunnelsystemer, som de var i gang med at udgrave. Den by, jeg boede i, havde de tre tunneler som matchede kvarterene. Alpin, Edema og Opheus. By enogtredive havde tilsvarende antal tunneler til deres kvarterer. Jeg var dog ikke lærd nok til lige at kunne dem udenad. Jeg kunne min egen bys kvarterer og tunneler, mere kunne man heller ikke forlange af en femtenårig dreng, som også havde travlt med at være en del af ungdommens fællesskab. Jeg kiggede op igen og indså, at jeg havde stået og var faldet i staver igen, men det så ikke ud til, at jeg var gået glip af noget spændende, i hvert fald ikke spændende, hvis du spørger mig. Min far stod henne ved et bord sammen med den kollega, der havde spurgt hvad vi skulle her. Jeg skyndte mig at gå hen til dem, så jeg ikke bare stod i mine egne tanker midt i gangen. "Her er så alt det mithrilium vi lige nu har på lager." De stod og kiggede ned i en blå kasse, hvor der lå stykker af mithrilium hist og pist i forskellige størrelser, men ingen større, end at man kunne holde dem i sin hånd. "Det var ikke meget, og alle soldaterne har den mængde, de skal bruge til at holde udkig efter fjenden på udgravningsekskursionerne?" "Det har de, ja, så der burde ikke være noget problem." "Jeg troede I ville have mere," kommenterede jeg. Min fars kollega vendte sig om mod mig. Jeg var et helt hoved højere end ham, ligesom med min far. Han kiggede op på mig og svarede, "Ja ser du, mithrilium er sjældnere, end vi lige gik og troede, så det har ikke været nemt at skaffe mere af det. Selv i de tunneler, hvor det findes, finder vi aldrig mere end en håndfuld ad gangen." Det gav god mening, for det første bundt havde vistnok kun været det mig og Seraphim havde stjålet, og der var ikke mere end en lille klump af det. Nok også derfor, at jeg havde fået stuearrest for at tage det uden tilladelse. Det havde været al den mithrilium de overhovedet havde. Så måtte de have haft travlt siden sidst, hvis mithriliumssoldaterne var bevæbnet med det og de havde så meget her liggende på deres arbejdsplads. "Burde det mithrilium, I har, så ikke ligge et mere sikkert sted med vagter eller noget af den dur?"

Den selvsamme kollega skulede ondt på mig ved mit spørgsmål. "Ideelt set, måske ja, men den slags luksus har vi ikke, og burde heller ikke være nødvendig. Mithriliummet er det største, siden vi fandt ud af, at der var andre planeter, vi kunne kolonisere i stedet for Jorden. Vores interesse og folkets interesse, skulle meget gerne være den samme. Vi vil vel alle gerne have et våben at bruge mod de her fremmede væsner, som siden for nylig er begyndt at kidnappe mennesker. Vi

har heller ikke den fjerneste idé om,
hvor de fører de her mennesker hen.
Måske kunne alle de kidnappede godt
være døde allerede." Vreden blussede
op i mig, da han færdiggjorde sin
sætning, og jeg tog et dybt åndedræt.
"Hvad bilder du dig ind?! Efter hvad vi
ved kan de lige så godt være i live! Du
ved ingenting, du står bare der og
gætter med dit selvfede smil på
læberne og dit manglende hår. Du er en
skaldet idiot, der render og snakker om
ting som du ikke ved en skid om. Du
burde lære at holde din kæft når din
mening er uønsket." Jeg tror, han fik et
chok af den grove tone, jeg lige
pludselig introducerede ham til, men én
ting var, at han følte han skulle belære

mig om integritet, en helt anden var at insinuere, at min eneste bror var død.

"Rolig nu Klint. Jack ved ikke mere end os, han sagde bare hvad han sagde for at få sin pointe igennem, går jeg ud fra."

"Ja tak Jarl, og så skylder din søn mig vist også en undskyldning for det toneleje, han lige pludselig snakkede til mig i." Min far kiggede over på mig og så tilbage på Jack igen med et ulmende blik, et af de der blik, hvor du ikke helt ved, hvad der tænkes bag det, men du har en idé om, at det er i din bedste interesse. "Min søn skylder dig ingenting, og du burde passe på med, hvad du siger. Hvis ikke vi var kollegaer havde jeg selv svaret dig igen med et toneleje, du ingen undskyldning ville få for." Jeg smilede helt per automatik, da jeg hørte, hvordan min far og jeg begge var på bølgelængde og havde samme idé om at vi ikke skyldte denne nar en disse. "Nå, vi kom også bare for at tjekke mithriliumsbeholdningen. Nu da det er gjort, smutter vi videre, hils de andre fra mig Jack." Jack stod mundlam tilbage, og det virkede som om, han ville sige noget, men så kunne man se, at han bed det i sig og ombestemte sig hurtigere end før. "T-T-Tak, ja det vil jeg gøre." Hans svar var stammende ved første stavelse, og han hviskede det sidste, så jeg næsten ikke nåede at høre, hvad han sagde. Han havde vist lært sin lektie efter at både min far og mig havde sat ham noget så grusomt på plads. Vi daffede hjemad efter vores visit og tjek-op på beholdningen af mithrilium. "Har du så nogle planer for de næste par dage, indtil vi skal afsted, Klint?" Ærlig talt, så vidste jeg ikke, hvad jeg skulle lave, men jeg skulle nok være social med de andre unge, og også bruge tid sammen med Seraphim. Han havde snakket meget om min tur, siden jeg havde informeret ham derom og også udtrykt ønske om selv at få lov at rejse udenbys. Seraphim var forældreløs, ikke fordi han ikke havde nogen forældre, men fordi ham og hans forældre var blevet adskilt under udvælgelsen af, hvem der skulle hvorhen. Hans far, mor og søster var kommet med rumfærgen til planet et, alt imens han var kommet på rumfærgen til planet tre. Hvordan administrationen havde fucket så meget op, havde jeg ikke den fjerneste idé om, men han var ikke den eneste. Der havde været flere individer, oftest teenagebørn, der var blevet adskilt fra deres forældre, og/eller familie under afrejsen fra Jorden. Det havde også været en kaotisk proces. Jeg husker tydeligt, hvordan alle var helt oppe at ringe lige inden afrejsen, og flere familier var udvalgt kun på grund af deres erhverv. Sådan havde det i hvert fald været med min far. Min mor døde inden vi rejste, hun var et af ofrene for fjerde verdenskrig. At jorden ikke var gået under ved den tredje af slagsen var et mirakel i sig selv. Den tredje verdenskrig havde været alle lande mod alle, men der var alligevel en fælles forståelse for planeten, vi boede på, for der blev indført et forbud af brugen af bomber, som alle lande fulgte. Da den fjerde verdenskrig rullede ud, var alle regler og aftaler væk og forsvundet. Nationerne snakkede ikke længere sammen, og der var ingen alliancer. De kom først senere og havde intet med landegrænser at gøre. Folk, der havde overlevet bomberne, var nogle af de få hundredetusinde og de eneste af sin slags. Dødstallet havde overskredet milliarderne. Ja, du hørte rigtigt, milliarderne, og vi, der havde overlevet, var strandet på en planet, hvis sol var

ved at gå ud, og tid var den eneste
faktor, som vi ikke havde megen af. Da
krigen stoppede, var den eneste måde,
folk kunne snakke sammen via gamle
radiofrekvenser, som ikke havde været i
brug i et par århundrede. Det var år
3115 og Jorden kunne ikke længere
klare det, for dens bristepunkt var
overskredet for lang tid siden, men folk
stod pludselig sammen på kryds af alle
landegrænser. Folk, der havde været i
industrien, foreslog konstruktionen af
rumfærger, der kunne bevæge sig med
lysets hast. Noget som ikke alle
nationer kendte til. Men separat viden
blev til fælles viden og folk arbejdede
sammen om at konstruere tre
rumfærger til tre forskellige beboelige

planeter. Den ene var dækket af vand

på overfladen. Den anden havde en

tvivlsom atmosfære, som vi mennesker

kun kunne leve på ved hjælp af

iltflasker, nogle vi ikke ville kunne blive

ved med at levere på en fremmed

planet. Den sidste, en planet hvor stort

set hele overfladen var dækket af

bjergkæder, og hvis højeste punkt langt

overskred jordens sølle ottetusind og

ottehundrede og otteogfyrre meter

med en tredobling. De fik ikke navne,

men blev bare kaldt planet et, to og tre.

Etteren var den oversvømmede

overflade, og rumfærgen dertil blev

udstyret med hvad, der skulle bruges

for at bo her. Toeren var den med

bjergkæderne, hvor luften var rigtig

tynd og folk med astma og andre luftvejsforstyrrelse ikke ville kunne overleve. Treeren var den vi var blevet sendt til, hvor vi blev nødt til at bo i tunneler under overfladen for at have noget, der mindede om en åndbar atmosfære. Vi havde terraformet de tunneler, som vi havde udgravet og ved hjælp af kunstig atmosfæriske luftgeneratorer, havde vi fået stablet en vedvarende atmosfære og åndbar luft under overfladen på benene. Ved hjælp af teoniden, som var et af de første materialer vi havde udgravet, var vi også hurtigt kommet til vedvarende energi og belysning. Der havde været sendt to undersøgelsesekspeditioner til hver af de tre planeter, forud for rumfærgerne med et mandskab på seks menneskar, til hver af de to ekspeditioner. Der havde man på Planet Tre fundet teonid, på Planet To fundet exoterm og på Planet Et adamonid. Teonid var en vedvarende lyskilde i form af noget støv, man fik hvis man tog en jordart, vi havde navngivet Teon og knuste det. Det her støv lyste med en klar blå farve og gik aldrig ud. Exoterm var flydende væske, der på en eller anden måde ved indtagelse styrkede lungerne i en sådan grad, at blodet, der bliver pumpet rundt i kroppen, pumper hurtigere uden at sætte nogen form for belastning på de andre organer. Sidst men ikke mindst, adamonid var en bark fra et træ, der voksede på øer på planet et, der gav

mennesker evnen til at ånde under

vand, som var H_2Oen blot O. Hver

planets undersøgelsesteam havde haft

til opgave at indsamle så mange prøver

af de forskellige materialer som muligt,

alt imens rumfærgerne hjemme på

jorden var ved at blive bygget færdigt.

"Planer for de næste par dage spørger

du? Tja, jeg tænker at fordrive tiden

med lidt let læsning i min bog og så

ellers bruge resten af tiden med at

hænge ud sammen med drengene."

Min far smilede og tilføjede så: "Husk

nu, vi opgiver ikke håbet om din bror,

jeg er stadig lige opsat på at få ham

igen, som jeg var fra dag et af hans

forsvinden." I et kort øjeblik havde jeg

helt glemt alt om min bror. Vi var adskilt ja, men for mig havde han altid haft en permanent plads i mit hjerte, så lige meget hvor meget tid der gik, eller hvor stor distance der var imellem os, var han aldrig helt væk. "Nå, jeg smutter ud for dagen." Jeg tog afsked med min far og skyndte mig hen imod Rådhuspladsen, mødestedet for unge på min alder. Seraphim var der med en gruppe jævnaldrende unge. "Hva' så bror?" Jeg hilste på flokken med et håndtegn som hilsen til de fleste, og Seraphim og jeg havde vores helt eget håndtryk, som kun vi to delte. "Snart skal du udenbys, glæder du dig brormand?" "Helt vildt," jeg kunne næsten ikke rumme min gejst, så meget så jeg frem til min fars og min visit til by enogtredive. "Skal du ud på udgravning imens jeg er væk?" Seraphim tog lidt tid, inden han svarede, "Tjaeh, det skal jeg nok, man skal jo bidrage til samfundet på en eller anden måde." Han gav mig et skævt smil, og bag det mærkede jeg hans utryghed ved situationen. "Er der noget i vejen, Seraphim?" "Jeg kan ikke lade være med at være urolig, selvom vi nu har mithrilium, føler jeg stadig, at vi er underlegne i den her kamp, vi kæmper mod jordmonstrene." Jeg forstod sagtens hans bekymring, jeg havde selv været dybt urolig ved situationen med alle de forsvundne mennesker. Og selvom vi nu havde bevæbnet os mod jordmonstrene, var det stadig, som om

de havde esset i ærmet og ikke os.

"Pjæk fra det, hvis det er for risikabelt.

Jeg tror også på, at der er noget under

opsejling, som vi mennesker ikke

kender til." "Nyd du bare din tur, jeg

skal nok være her, når du kommer

tilbage." Vi tog afsked med vores

specielle håndtryk, og så tog jeg hjem

for at sove.

Udenbys

Dagen var oprunden, og det var tid til

min fars og min ekskursion udenbys. Jeg

havde gået i alle tre dage og glædet mig

ubeskriveligt meget. Der var alligevel visse goder ved at have en mesterarkæolog som far. Det var ikke umuligt at komme fra by til by, men der var visse udfordringer. Måden, man besøgte de andre byer på, var nemlig med tog, og ikke bare ethvert tog, men lystoget, et tog hvis hastighed overskred lysets hast. Nu tænker du sikkert "Det er umuligt". Bare rolig, du er ikke den første, der tænker sådan. Da lystoget allerførst blev introduceret var folk ikke kun skeptiske, men langt de fleste troede, det var et mediestunt eller noget fra en film. Det var dog ikke tilfældet. Lystoget er rigtigt, det bevæger sig med lysets hast ved at gengælde refleksionen fra lyset selv.

Selv aner jeg ikke helt, hvordan det fungerer ned til den mindste detalje, men sådan som jeg har forstået det, kommer toget op på lysets hast ved selv at blive til lys. "Hvad så med passagererne?" Jeps, den tanke strejfede også mig, da jeg først hørte om det. Det er sådan, at når toget bliver til en refleksion af lyset selv, bliver de mennesker som er i toget på samme tid til en refleksion af refleksionen, som toget bliver til. Hvilket vil sige at de opsluges af togets mimik og transporteres sikkert fra A til B. Spørg mig om flere detaljer og så tror jeg mit hoved eksploderer. Lyshastighed er ikke noget, jeg finder særligt fascinerende, det er alt for teknisk efter min smag.

Hvis du spurgte mig om en god bog at læse, ja så ville jeg være snakkesalig igen. Vi var i toget og havde vores oppakning med os. Jarl havde sagt, at vi ville være afsted i cirka en fem dage. Min far havde mere oppakning end mig, men det var også ham, der var ansvarlig for mithriliummet. "Er du spændt?" Spændt var vist ikke det rigtige ord, jeg var også en smule utålmodig, jeg glædede mig til at komme lidt væk fra vores hjemby. Det var noget tid siden, at jeg med ro og sikkerhed i mit sind havde kunne slukke for tænketanken, som var min hjerne. "Meget, men jeg er også nervøs." Jeg stod lidt og fumlede med begge mine frie hænder, fordi jeg havde sat min rejsetaske fra mig. "Det er kun naturligt, jeg er også nervøs, og lidt spændt. Jeg går lidt og håber, at vi får en kongelig velkomst," "Får du ikke altid kongelige velkomster, når du kommer med gaver?" Min far grinte, og jeg grinte med. "Jo det har du nok meget ret i. Mithriliummet er som sendt fra himlen, og med den sikrer vi ikke bare os selv mod flere bortførelser, vi bliver også kampdygtige for allerførste gang på denne nye planet." Jeg havde foldet mine hænder, og mine fingre havde jeg flettet sammen, så jeg stod med sammenflettede fingre og bevægede mine pegefingre op og ned ved mine yderste knoer. "Ja, men hvad så? Vi kan stadig ikke kommunikere med fjenden og vores fjendskab blusser kun mere op af, at vi nu kan bekæmpe dem, hvad med de mennesker, som er tilfangetagne, hvem kan sige, hvad de bliver udsat for?" Siden mit mareridt havde jeg gået og tænkt meget over tingene, især om hvordan vi skulle bære os ad med at få fjenden i dialog. Hvis de ingen mund eller næse havde hvordan skulle vi så få noget ud af dem. Jeg kunne ikke huske om de havde en næse eller mund, men i mit mareridt havde de ingen af delene, så jeg havde bare gået og frygtet det allerværste. "Det ved vi intet om, det har du helt ret i, men vi bliver konstant klogere og får flere resurser. Jeg har tillid til at vi nok skal få dem i dialog på den ene eller anden måde." Mere tid til snak blev der ikke, for så begyndte toget at brumme og rumstere, lyshastighed var ikke til at spøge med. I starten af lystogene tilbage på Jorden var der flere mennesker, der forsvandt. De blev væk i processen, da lyshastighedsrefleksion krævede at toget skabte noget, der mindede om et sort hul. Men efter fem års videre arbejde med det og reparationer, var det kommet til at virke igen uden videre problemer, og nu også uden nogen forsvindinger. Inden jeg så mig om, var toget stoppet igen, "Så er vi her." Det var hurtigere, end jeg huskede, men lyshastighed gjorde det også svært at bedømme tiden, for man kunne lukke øjnene og så åbne dem igen, og så var man ved sin destination.

Det virkede uvirkeligt, og tiden, der
normalt havde været en slave for
transporten, var ikke længere en faktor
i transporten, når man bevægede sig
med lysets hast. Vi steg af toget og
havde vores bagage med os.

Togstationerne var ikke ligefrem
famøse eller overdådige, men der var
en vis simplicitet i enkeltheden af
togstationerne. Som om de var
gammeldags med vilje og derfor havde
charmen af originalitet over sig. "Hvor
skal vi bo?" Min far skævede til mig lige
inden han svarede, "Det ved jeg faktisk
ikke, vi skulle meget gerne mødes med
en fra arkæologteamet her i by
enogtredive ved togstationen." Jeg
kiggede rundt og fik så øje på en mand,

der kom gående i vores retning. Han vinkede og vi vinkede begge igen. "I ligner nogle, der har brug for at blive picked up." Vi storsmilede og min far svarede: "Jeps. Vi kommer fra by enogfyrre og har noget med os, som vi mener, I vil blive ellevilde over." "Jamen følg endelig med, jeg skal nok vise jer, hvor I skal bo." Vi fulgte med og blev fulgt til et hus i udkanten af byen. "Velkommen til Chateau of Archaeology. Jeg hører nemlig, at det er selveste Jarl fra by enogfyrre, vi har på besøg." "Ha ha. Jeg vidste ikke at mit ry ville gå forud for min ankomst, men jo, det er det skam." Jeg kunne ikke lade vær med at føle mig en smule stolt over at være søn af min far, som folk udenbys også kendte. Vi blev vist rundt i hele huset. Nedenunder var der tre rum: et køkken og en stue. Der var også trappe op til 1. sal, hvor der var endnu to rum og to badeværelser. Hvorfor de begge lå ovenpå i stedet for et nedenunder og et ovenpå, forstod jeg simpelthen ikke. Vi fik hver et rum ovenpå, og nedenunder boede vores guide og to andre fra by enogtredives arkæologteam. "Er i friske på at vise os, hvad I har bragt med jer? Vi hørte kun kort fra Abraham fra Højesterådet, at I har noget med som er uundværligt, og vi er simpelthen alle sammen supernysgerrige over, hvad det mon kan være." "Frygt ej, jeg har masser af energi; men om det er fra lystogets speditære rejse, eller den absolut afslappende, dag jeg har haft, ved jeg ikke." "Jeg er også frisk på at være med til det, hvis jeg må?" "Selvfølgelig, men lad os ikke gøre det her. Man sover og arbejder ikke samme sted. Lad os tage ind til vores laboratorie, hvor de resterende medlemmer er pt." Vi blev fulgt igennem gaderne af by enogtredive. Modsat by enogfyrres var disse gader ikke små og smalle, men store og grandiose. Jeg havde før været med på besøg i by enogtredive. Mange kaldte den hovedstaden på vores nye planet. Planet 3 hovedstaden var blandt alle andre kendt som By 31, fordi at de begge startede med et 3-tal. En smule fjollet hvis du spurgte mig, men måden,

den var gravet ud på, var også unaturlig. Selve himmelhvælvingen var flere hundrede meter oppe, og belysningen var teonidlamper ligesom vores by, men i loftet af byen var lamperne gigantiske, og belysningen var derfor en smule overdreven. Man kom hurtigt til at føle sig i spotlyset eller rampelyset, og det gav mig en underlig følelse i maven, som om der skulle til at ske noget stort og vigtigt hvert øjeblik. Det gik mig en smule på, og jeg kunne også mærke, at det tog på min energi. Det var energidrænende sådan at gå rundt og hele tiden kigge sig over skulderen efter det næste kup. "Så er vi her." Vi var ankommet til en oval bygning med ovenlysvinduer i en cirkulær form rundt om hele bygningen.

Vi gik ind ad hovedindgangen, som var

glasdøre man kunne se igennem.

Indenfor blev vi introduceret til en otte-

ti personer, hvis navne jeg glemte

superhurtigt efter introduktionsrunden,

var overstået. Min far havde taget en

rygsæk med til at bære mithriliummet i.

Det var nu blevet tid, og han tog en vial

med noget mithrilium op af tasken og

lod det gå rundt blandt de nysgerrige

folk. "Det her er mithrilium, en ny

stenart, vi har udgravet i by enogfyrre.

Som vi alle ved, har der været et

problem, som begyndte for snart en lille

måneds tid siden. Problemet har intet

navn endnu, men i vores udgravninger

af Tunnel Alpin, Tunnel Edema og

Tunnel Opheus begyndte folk at forsvinde, eller nærmere sagt blive bortført, af et væsen, vi endnu ikke har set eller har kunne klassificere. Væsnet er humanoidt med samme kropsdele, som vi har, et sæt arme, og angiveligvis også et sæt ben, brystkasse, maveregion, rygsøjle, nakke og et hoved. Hvor det kommer fra, vides ikke Men det har gjort det et hundrede procent klart, at det var her først, og at vi er gæster på deres planet. Hvorfor dette først nu er blevet opdaget, vides ikke, men vi er trætte af at være forsvarsløse ofre, der intet valg har i denne situation. Med mithriliummet kan man midlertidigt lamme væsnerne, men det skal behandles forsigtigt for mennesker, der kommer i fysisk kontakt med mithriliummet, får et epileptisk anfald." Folk havde været gode lyttere og havde bare stået og kigget på min far, imens han fortalte. Nu blev han så afbrudt af en af arkæologerne, der var til stede i mængden. "Du siger, det får mennesker til at få et epileptisk anfald, hvorfor det?" Min far kiggede på personen der havde stillet spørgsmålet, og svarede, "Dette vides ikke endnu, men det vides, at mithriliummet er det første og eneste våben, vi har imod denne ukendte fjende, som vi også har døbt Jordens Vogtere. Selvom vi ikke længere er på jorden, er denne planet eller denne nye jord bevogtet af et væsen langt ældre end menneskearten.

Vi er gæsterne, vi er de nye børn på legepladsen, og vi bliver nødt til enten at tilpasse os og tage kampen op eller bare blive liggende og give op, før kampen overhovedet er begyndt." Der blev stille. Stilheden sænkede sig over flokken. Folk havde vist hørt mere end nok og var overbeviste om at det min far sagde, var alt det, vi vidste om fjenden. "Vi har hørt nok. Er der nogen chance for at vi kan teste mitriliummet selv?" "Det er en th-stavelse ikke en tr-stavelse." Min kommentar fik min far til at smile helt per automatik, og han tilføjede "Sagtens, hvis I da ligger inde med en Jordvogter, så har vi her mithriliummet til afprøvning." Min far hev endnu en vial mithrilium op af rygsækken, "Faktisk, så har vi mere end nok med til, at I kan uddele det til jeres udgravningshold, det har vi selv gjort i by enogfyrre så vi ikke længere behøver frygte for om de folk, der bliver sendt afsted om morgenen for at udgrave, også er dem, der kommer tilbage om aftenen." Alt det mithrilium vi havde med blev fisket op af rygsækken og arkæologerne stod bare og så på, og takkede ja til at få det hele med det samme. Min far forklarede videre, og om, hvordan vi havde lavet mithriliumshære med par af to, som eskorterede vores udgravningshold sikkert frem og tilbage fra byen til tunnelerne og senere på dagen fra tunnelerne tilbage til byen. De var noget benovede, da de hørte om,

hvordan vi havde båret os ad med at

systematisere mithriliummet og brugen

af den, så vi effektivt og sikkert kunne

grave tunnelsystemet videre og hen

imod retningen af en ny by en by

enoghalvtreds, som alle var spændte

på. Jeg undertrykte en gaben. Det

havde været en lang dag. Min far havde

snakket længe med arkæologerne i

arkæologbygningen. Jeg havde fået en

af arkæologerne til at fungere som

guide for mig, så jeg kunne smutte før

tid. Min tålmodighedstærskel havde

ikke været helt lige så stor, som jeg

allerførst havde troet. Al den snak om

mithrilium, organiseringen af den og

uddeling, der skulle ske, og hvem der

skulle sørge for hvad. Det var min ferie, og lige præcis derfor havde jeg ikke tålmodig til at stå og høre om en masse arbejde, som jeg intet skulle have med at gøre. Da vi nåede frem til huset, hvor vi var blevet indlogeret, sagde jeg tak til min guide og gik så selv ovenpå til mit værelse. Jeg pakkede mine ting ud. Heldigvis havde jeg fået min bog med mig, så jeg kunne sætte mig til at læse videre i den. Jeg var næsten færdig. Det havde også taget sin tid. Jeg havde været i gang med den i snart en måned. Bøger der varede længere end fire uger hos mig var blandt de færreste. For det første var jeg en hurtig læser, og for det andet så slugte jeg bøger, når jeg først gik i gang med dem. Ny viden havde jeg altid været en kæmpe fan af, og gode

bøger til fritidslæsning var blandt mine

favoritter. Det her var livet, bare at

sidde med en bog at læse og ikke skulle

noget andet hele resten af dagen.

Måske lige med én mangel. Der

manglede lidt udforskning. Jeg var jo

trods alt en nysgerrig sjæl, når det kom

til stykket. Jeg lagde bogen fra mig, tog

sko på og gik nedenunder. "Hallo?" Der

kom intet svar, så jeg gik ud fra at jeg

stadig var den eneste i huset. Min far og

jeg havde fået hver vores nøgle til

huset, så jeg gik ud ad hoveddøren og

låste den bag mig. Én ting jeg altid

havde haft fra min mor, var hendes

stedsans. Min far var ofte håbløs, når

det kom til steder og at genkende dem.

Han formåede på en eller anden magisk vis altid at fare vild, selv på ruter, som han havde gået mange gange før. Min mor havde været helt modsat. Selv nye steder hun aldrig havde været før, gik hun på udforskning i, og hun fandt altid hjem igen uden besvær. Det der med modsætninger der mødes, det havde også været tilfældet med min far og min mor, som jeg sikkert allerede har nævnt før, plus så var de ikke bare modsætninger, de var modsætninger med en kemi ulig nogen anden. En kemi som Matti og jeg altid havde mærket i hjemmets trygge rammer og sikkert også kopieret lidt. De havde haft hver deres quirks og småbesynderligheder. Jeg var gået ned ad en af de større

gader. Jeg stødte ind i en gruppe unge
på min alder og hilste på. "Hej," "Hvem
er du?" spurgte en af de ældre drenge
fra gruppen. "Jeg hedder Klint, min far
og jeg er på besøg fra by enogfyrre."
Som var det et hemmeligt kodeord, der
gav adgang til popularitet, flokkedes de
unge pludselig om mig for at høre mere
om by enogfyrre. Jeg var hurtigt blevet
accepteret af de andre unge og havde
derfor nu en uerstattelig mulighed for
at få så meget som muligt at vide om
byen og dens befolkning. De unge her i
byen var også med til at udgrave nye
tunneler, og flere af dem havde også
mistet mindst en de holdt af til
Jordvogterne. Min far havde ikke
informeret mig om navnet. Jeg kunne

ikke lade være med at undre mig, over om de voksne mon var blevet inspireret af den leg, vi unge teenagebørn legede i gaderne i by enogfyrre, da de skulle navngive jordmonstrene. Da jeg kom hjem fra byen, var jeg helt brugt. Vi havde leget politi og røvere og selvom det var en lidt gammeldags leg, havde det stadigvæk været sjovt. Nogle teenagebørn voksede fra det der med at lege, men i mine øjne var det kun sundt at holde fast i ens gamle børnelege så længe som muligt. Jeg havde ikke travlt med at blive voksen. Faktisk ville jeg langt hellere være barn, så længe jeg kunne slippe afsted med det. "Så er jeg hjemme!" annoncerede jeg straks efter at have åbnet hoveddøren. Den var ikke låst, så jeg gik også ud fra, at jeg heller ikke ville være den eneste i huset. Min far kom trampende ned ovenfra, "Hej Klint, velkommen hjem, hvor forsvandt du hen i dag?" "Det blev lidt for lavteknisk for min smag, alt det der mithriliumssnak, og derefter at I skulle uddelegere opgaver. Det var ikke lige min kop te indrømmer jeg gerne." Min far trak lidt på smilebåndet og furerne i hans pande kom til syne. Han havde ikke mange rynker, men han havde to meget tydelige rynker i panden, når han trak på øjenbrynene. "Ja det var noget af en første dag. Vi er her kun i fire dage mere. Lad os sørge for, at resten af vores tid ikke går op i for meget lavteknik, og at vi også får nydt vores ferie en smule." Jeg trak let på skuldrene og sagde: "Det er en aftale, nu er vi her jo, så kan vi lige så godt nyde vores ferietid." Vi gik begge ovenpå til hver vores værelse. Jeg lagde mig godt til rette med min bog, jeg var nået til et kapitel der hed "Foran, bagud, bagved, forved". Jeg anede ikke, hvad det sidste ord 'forved' betød, men jeg var spændt på at læse mig til, hvad det mon kunne være. Det lød som et ordspil, og jeg var en sucker for ordspil, især kloge ordspil af slagsen. Mine øjne begyndte at lukke mens jeg lå og læste. Jeg var for træt til at fortsætte, så jeg lagde mit bogmærke ind i bogen og lagde den over på mit natbord. Så slukkede jeg lyset og lagde mig til at sove. Jeg åbnede øjnene. Jeg var ikke alene i mit rum. Rundt om mig sad Seraphim, Matti og alle de andre drenge, jeg plejede at lege med. Jeg rettede ryggen og spurgte så: "Hvad laver I her?" Matti pegede bag mig, og da jeg kiggede, hang der et maleri på væggen. Min mor havde ikke kun været forfatter, i sin fritid plejede hun også at male portrætter af folk. Der hang et portræt af mig, signeret af min egen mor. Da jeg vendte mig om for at spørge hvad det betød var Matti, Seraphim og drengene væk og jeg var mutters alene i mit værelse igen. Jeg skyndte mig at tjekke om maleriet stadig var der, og da jeg vendte mig om

igen for at se på det, var det også væk.
Det sortnede for mine øjne og alt
omkring mig blev sort. Da jeg igen
åbnede dem, lå jeg badet i sved i min
seng. Jeg tog en hurtig runde hvor jeg
lige mærkede mine kropsdele igennem,
som for at sørge for at jeg ikke længere
drømte. Jeg var alene på mit værelse,
og jeg havde ikke lyst til at sove mere,
så jeg steg ud af min seng og tog mit tøj
på. Jeg lirkede min dør op og sneg mig
nedenunder til køkkenet. Jeg lavede en
sandwich og satte mig ned ved
køkkenbordet for at spise min kreation.
Jeg anede ikke, hvad klokken var, og om
det stadig var nat, eller om det var
dagslys udenfor, ikke fordi jeg ville finde
ud af det ved at gå udenfor, jeg anede

ikke hvilken måde by enogtredive styrede deres dage på. Tilbage hjemme i by enogfyrre plejede de at dæmpe teonidbelysningen til halv den volumen, det var sat på om dagen, så man sagtens kunne kende forskel på dag og nat. Jeg gik op ovenpå og bankede lige så stille på min fars dør. Ved et uheld kom jeg til at banke lidt hårdere end planlagt og døren gik op af sig selv, jeg skubbede den helt åben og så, at det havde været nok til at vække min far. Han gned søvnen ud af øjnene og kiggede op på mig og spurgte så: "Klint, hvad laver du her midt om natten?"

"Jeg havde et mareridt, og jeg gider ikke gå i seng igen alene." Min far steg ud af sin seng og tog tøj på, ligesom mig. "Du må gerne komme herind, kom, kom så skal jeg nok fortælle dig en historie ligesom i de gode gamle dage." Jeg havde glemt at nævne, at selvom min mor havde været forfatteren i familien, var hun langtfra den person med bedst fantasi. Min far fortalte de mest fantastiske fortællinger, især godnatfortællinger og mig og Matti havde altid skændtes om, hvem der måtte vælge hvilken godnathistorie, vi skulle have fortalt om aftenen. "Nu skal du bare høre Klint..."

Herkules og Hydraen

"Det var en dag som mange andre i oldtidens Grækenland, og helten Herkules stod for skud til en af de jordiske prøvelser, han skulle igennem for at bevise, at han var værdig til at blive tildelt titlen som Gud. Det var nemlig sådan, at Herkules var blevet frarøvet sin fødselsret som Gudesøn af Zeus og Alkmene. Så for at bevise på ny, at han var værdig til at være Gud, skulle han igennem en masse prøvelser. En af prøvelserne var så, at han skulle nedlægge hydraen, et sagnomspundet væsen, der havde hele ni hoveder, men for hvert hoved han huggede af dette bæst, sprang der blot to nye hoveder frem fra det afhuggede hoved. Om det var magi, en forbandelse eller guddommelige kræfter, der var på spil, var Herkules ukendt. Herkules var dog ikke til at kue, og han blev ved med at hugge dens hoveder af i håbet om, at hvis han huggede dem af hurtigt nok kunne den ikke følge med, men han tog fejl. Til sidst blev han nødt til at begrave hydraen under et mindre bjerg af sten, før den forlod de levendes verden. Herkules havde sejret, men det var ikke en nem sejr og hans råstyrke alene havde ikke givet ham sejren. Det havde været et spørgsmål om en blanding af heltemod, ukuelig viljestyrke og kløgt, der havde givet ham denne sejr. Han havde måtte trække på flere forskellige personlige styrker for at vinde, og ingen af de tre ville alene have ledt ham til samme resultat. Kun ved at tage lidt på forskellige styrker og erfaringer, kunne han overvinde dette mytologiske væsen fra en sagnopspunden æra. Klint, er du stadig vågen?" Jeg nikkede svagt og måtte indrømme, at historien havde virket helt, som den skulle, bedre end enhver sovepille jeg kunne have taget. Jeg lukkede øjnene og mærkede lige så stille, hvordan at min bevidsthed forlod denne verden og susede af sted mod drømmenes verden i stedet for. Da jeg åbnede min øjne igen, var jeg udhvilet.

Jeg kunne ikke huske om jeg havde

drømt noget, så det havde jeg nok ikke.

Jeg gik nedenunder til køkkenet og så,

at min far allerede var oppe.

"Godmorgen," "Godmorgen, sov du

bedre efter godnathistorien i går?" "Ja,

tak for den far, det hjalp på det." Jeg

stod lidt og skiftede vægt fra den ene

fod til den anden imens jeg grublede

over, hvad jeg havde lyst til i dag. "Så,

hvad er planerne for i dag?" Der blev et

minuts stilhed, imens min far tog en

skefuld af sin havregryn, og så kiggede

han over mod mig og spurgte, "Hvad

har vi lyst til i dag?" Se det havde jeg

ikke regnet med, men så igen, min far

havde altid været yderst betænksom og

akkommoderende. "Jeg kunne godt tænke mig at få lov at se et eksempel på deres tunneler og udgravningen deraf her i by enogtredive." Min far nikkede med munden fuld af havregryn og svarede ikke, før han havde tygget af munden. "Det kan sagtens lade sig gøre. Jeg snakker med vores guide, når han engang vågner og hører ham ad." Jeg tog mig en skål havregryn ligesom min far, og så sad vi ellers sammen og spiste. Jeg nåede dog at overhale ham i, hvem der først blev færdig. I vores familie var jeg berygtet for at være en hurtigspiser af al slags mad. Efter at have taget afsked med min far og samtidig have lovet ham, at jeg nok skulle være hjemme indenfor tre timer, tog jeg ud i byen for at mødes med de andre teenagere. Da jeg ankom til mødestedet, stod der allerede en del af slænget og hængte ud op ad en husmur. "Hva' så drengene?" Jeg blev hilst med alverdens forskellige håndtryk. Halvdelen var halvt kram, halvt håndtryk, og den anden halvdel var hjemmelavede håndtryk, der varierede på alle mulige forskellige måder. Sammen med de andre unge blev der delt ud af sladder og småsnak. Jeg fandt ud af at rygtet om mithriliummets ankomst allerede var ude i bylivet, og selv de unge kendte til det. De havde hver deres selvopfundne historie om mithriliummet, og hvad det faktisk kunne. Det var sjovt sådan at høre, hvor hurtigt rygtet havde spredt sig, men også hvor mange forskellige variationer af det, der florerede. Efter de to timer var gået, skyndte jeg mig tilbage til huset. Her fandt jeg min far og guiden allerede klar til at tage af sted mod en af by enogtredives udgravninger, der med tiden skulle lede til en ny by. Der var et udgravningsteam til stede, da vi ankom. Ca. ti mennesker i alle aldre fra ung til ældre, som stod og hakkede på livet løs for at grave tunnelen videre. Der var tryk på arbejdskraften her til morgen og de virkede i højt humør på trods af, at det var morgen, og de stod for udgravningen af en ny tunnel. Guiden fortalte os, at tunnelen hed Tunnel

Uldun og var den største af de tre tunneler, som gik ud fra by enogtredive. Jeg nåede slet ikke at reagere, da et par arme skød ud fra den ene væg og greb fat i mine ankler. Det gik så hurtigt, og jeg blev slynget mod jorden og ramte den så hårdt, at jeg skrabede mine albuer, som tog af i faldet. "Hjælp!" skreg jeg af mine lungers fulde kraft, og min far var ikke sen til at gribe fat i mine arme og fungere som modvægt fra den trækken der kom fra væsnet inde bag væggen. Min far hev og sled, for at jeg ikke skulle blive trukket væk, og selv kæmpede jeg på livet løs. Jeg sparkede og vred mig for ikke at blive trukket ind i væggen. Jeg hørte andre råb om hjælp, men kunne ikke lige hjælpe dem, da jeg selv havde travlt med at overleve. Jeg fik vristet mig fri fra grebet om mine ankler og ved hjælp af min fars trækken, undslap jeg med nød og næppe. Vi havde intet mithrilium med os og var totalt udmanøvreret. Ingen af os havde forudset at dette ville ske. Jeg kiggede rundt og så, at to af de ti gravere var væk. Vores guide stod med skræk malet i sit ansigt og pegede mod byen væk fra tunnelen. Folk var begyndt at løbe væk fra tunnelen, og min far og mig fulgte deres eksempel. Vores ferie var hurtigt blevet forvandlet til et grufuldt eksempel på, hvor galt det kan gå, når man lader sine parader falde i tide og utide. Vi stod stakåndet i flok ved udkanten af byen og indgangen til Tunnel Uldun. Ingen af os var i humør til at vende tilbage til gerningsstedet. Min far og mig blev fulgt af guiden til Rådhuspladsen. Magen til bygning havde jeg aldrig før set. Den var lavet af et eller andet materiale, som reflekterede lyset og kastede det tilbage imod en. Hele bygningen bestod af disse firkantede spejle, der lyste op i alle regnbuens farver. Det så helt magisk ud, og det var nok til at få en til helt at glemme, hvor man var, og hvad man havde gang i. Men vi blev hylet ud af denne trancelignende tilstand, da guiden sagde: "Nu er vi her, skal vi gå ind?" Og så gik vi i fællesskab ind i bygningen. Indenfor var spejlene

skiftevis sorte og hvide, en hvid, en sort
og så videre hele bygningen igennem.
Kontrasten var en smule forvirrende at
se direkte på, så jeg lod mine øjne falde
ned på gulvet, og undgik at kigge for
meget op. Skrækken for næsten at være
blevet taget havde stadig ikke forladt
mig, og jeg kunne ikke lade være med
at falde i staver gang på gang. Jeg blev
ved med at genopleve følelsen, jeg
havde følt, da der var blevet grebet fast
om mine ankler. Efterfulgt af følelsen
da jeg blev hevet så hårdt i, at jeg røg
på ryggen mod stenlaget under mig. Jeg
mærkede bag på mit hoved og kunne
mærke en stor bule, der var der som
minde om hændelsen. "Så er vi her,"
sagde guiden, og jeg havde som

sædvanligt ikke lyttet efter, så jeg
havde ingen idé om, hvor vi var. "Tak
for det," sagde min far og herfra gik vi
ind i et mindre mødelokale, hvor to
ældre herrer sad. De rejste sig begge to,
da vi trådte ind, og hilste på min far og
mig. "Hej Jarl, vi har hørt meget om dig,
mest positive ting dog," "Det skulle jeg
da også håbe, jeg har jo bragt jer våbnet
til at bekæmpe den overmagt, vi står
overfor." Selv sad jeg iblandt dem og
havde hverken noget at tilføje eller
spørge ind til. "Det her mitrilium, hvad
er det, det gør helt præcist?" Min far
kiggede fra den ene til den anden og så
så på mig. Han rømmede sig og sagde:
"Den her vil jeg lade min søn tage, for
det var faktisk ham, der allerførst

afprøvede det på disse væsner, disse

Jordens Vogtere, som vi kalder dem."

Jeg sad halvt i chok, halvt i tvivl om,

hvordan jeg skulle indlede. "Tjo, det

gør, at deres lemmer svulmer op, og jeg

tror måske også, at det gør ondt, for da

jeg afprøvede det, fik det deres hud til

at syre og skifte til en grønlig kulør. Så

området jeg havde rørt med

mithriliummet, nå ja, og det er en thr-

stavelse ikke en tr-stavelse, syrede

ligesom til og skiftede farve. Jeg hørte

også et skrig inde bag den solide væg,

eller noget, der mindede om et hyl, så

mit gæt er, at det gør ondt på dem og

skader dem, men graden af skade eller

smerte er jeg ikke helt sikker på." "Det

er fantastiske nyheder. Vi har gået og

haft mange folk rundt omkring i systemet, som har brugt tid på at finde sikkerhedsmekanismer vi kunne sætte i gang, der kunne beskytte os mod Jordvogterne som I kalder dem."

Guiden der var med blandede sig og tilføjede "Vi har allerede mithriliummet hjemme, og vi er også gået i gang med at distribuere det til hold af to, som vistnok blev kaldt mithriliumshæren, sikkerhedsvagter om man vil. Deres funktion skal være at tage med på udgravningsekspeditionerne, så vi ikke mister flere folk til disse fremmede væsner." "Så lad os få det gjort," tilføjede en af de ældre herrer overfor os ved bordet. Min far og mig nikkede begge to. Vi var meget enige, det var bare et spørgsmål om at få det gjort.

Hvem der så lige skulle gøre noget ved

det, ved jeg dog ikke, om vi fik mere

klarhed omkring. "Bare rolig, vi sætter

det i gang med det samme, men vi ville

elske jeres hjælp i processen. Måske I

kunne tage med det første

sikkerhedshold ud til udgravningerne og

se, at opgaven bliver taget godt imod?"

"Det kan vi sagtens. Det gør vi gerne så

længe, at det bliver sat gang straks, jo

hurtigere jo bedre." Det var min fars

sidste kommentar, og så blev vi guidet

ud af bygningen igen og tilbage til

arkæologhovedcentralen, hvor de

allerede havde været i gang siden

morgenstunden med at uddele

mithriliummet og sørge for, at der var

nok til alle tre udgravninger. Der var
noget med tallet tre, for alle byer havde
lige præcis tre tunneler, de gravede i på
én gang. Det magiske tretal, som det jo
hed fra eventyrenes verden, det havde
min mor fortalt mig om. Hun havde
benyttet sig flittigt af det, også i sine
fortællinger. Da vi ankom til
hovedcentralen for arkæologerne, blev
vi taget varmt imod, og min far blev
hurtigt centrum for opmærksomheden.
Alle ville spørge ham til råds om det ene
eller andet, for han var jo trods alt den
berømte arkæolog, som fra Jorden
havde været med til alle de store
udgravninger af oldgamle fund. Fokus
skiftede relativt hurtigt til
mithriliumsfordelingen, da min far

forklarede, hvorfor vi var kommet. Vi var på ordre fra Højesterådet sendt herud for at erhverve noget mithrilium, og et sæt af to sikkerhedsvagter til at eskortere os ud til Tunnel Uldun, der tidligere i dag havde været endnu et gerningssted. Hvis muligt, skulle vi også tilfangetage en af fjenden, så vi kunne forhøre dem, eller på anden vis få svar ud af dem. Endelig en opgave hvor jeg var klar til, at der skulle ske noget. Det ærgrede mig dog, at min bedste ven Seraphim ikke var med til det. Men nok var nok, og chokket fra i morges da jeg næsten selv var endt som gidsel, ulmede stadig i mit baghoved som eftermælet af et slemt mareridt. Vi gik i en flok af fem, guiden, min far, de to sikkerhedsvagter og mig. Vi gik i et rask tempo med hver af de to sikkerhedsvagter, som havde en vial mithrilium hængende ved deres hofte i et bælte. ”Så hvordan skal vi helt præcist lokke Jordvogterene frem?” Det var en af vagterne, der spurgte, og jeg svarede lige med det samme: ”På heroisk vis, hvor vi sætter liv og lemmer på spil for at indfange en af dem, så vi kan få nogle svar.” ”Heroisk vis... nå ja, det er vel også en måde at beskrive det på.” Stilheden faldt over gruppen og vi gik i stilhed. Det der ordsprog om at stilhed er guld værd, kunne virkelig mærkes her, for selv om der var mere at sige, tvivlede jeg på, at det ville gøre noget godt for gruppen. Da vi nåede til indgangen til tunnelen, stoppede vi op, og min far fiskede noget op af sin lomme og rakte det til mig. "Her sønnike, et styks vial med mithrilium skulle fjenden vise sig, jo flere af os som har våbnet på os, jo bedre." "Jo tak." Jeg tog imod mithriliummet og stak det straks i lommen, så jeg havde det klart, hvis der skulle ske noget. "Hvordan skal vi bære os ad med at lokke fjenden frem?" spurgte guiden og kiggede over på min far og mig efter svar. Jeg trak let på skuldrene, "Sidste gang lokkede vi dem bare frem ved at være i tunnelen og sidde som et slags byttedyr, der afventer rovdyrets næste træk." "Lad os gøre det igen så." Min far gik i front og viste vejen til os andre, der velvilligt fulgte med. Vi satte os til rette på hver vores sten og afventede, at der skulle ske noget. De første to gange jeg havde mødtes med Jordens Vogtere havde det løbet mig koldt ned ad ryggen, men den tredje gang, gangen hvor jeg næsten selv blev nuppet, følte jeg ingenting før. Det var en smule alarmerende for mig. Jeg blev mistænksom. Havde de mon advaret mig de første par gange, men nu var færdige med at lege med mig, og det var derfor, jeg ikke følte en dyt inden da. Kunne det virkelig tænkes, at de havde fuld kontrol over deres tilstedeværelse og hvilket indtryk det gav, eller følelse det vækkede i os mennesker. Det var en ret langt ude tanke, jeg havde, hard to imagine, så at sige, hvis man lige skulle på engelsk også. Der blev snakket om ting, men jeg sad undrende i en skyttegrav, jeg havde gravet med mine egne tanker rundt om mig. Jeg brainstormede alle mulige scenarier hvori der blev taget fat i mig først. Denne gang ville jeg på egen hånd slippe væk, så jeg kunne redde andre fra den skæbne, jeg selv fik koldsved af at forestille mig. Det var svært at slippe frygten, den gibbede i mig og den sad fast ligesom en splint i fingeren eller tåen. En modvillig splint, som man kun kunne få ud ved at prikke hul med en nål. Der skete ingenting, og vi så ingen af væsnerne, selvom vi sad og ventede i timevis. Til sidst kaldte vi det en dag og skulle til at forlade tunnelen, da et helt

væsen trådte ud fra den solide
klippevæg til venstre. Den spredte sine
arme i et favntag og gik med selvsikre
skridt hen imod den nærmeste af os,
som var en af sikkerhedsvagterne. Han
fik lige pludselig travlt og fumlede efter
sin vial med mithrilium, men jeg var
hurtigere end ham og tog to hurtige
skridt, der annullerede distancen
mellem mig og væsnet, hev proppen af
min vial, tog mithriliummet i min
behandskede hånd og rørte væsnet
med mithriliummet på brystkassen. Der
lød endnu et af de hylende skrig, som
jeg kunne genkende fra første gang mig
og Seraphim havde fået ram på et af
væsnerne. Vi stod stille, afventende,
mens vi så dens brystkasse svulme op

og få en grønlig kulør. Væsnet faldt til jorden og sprællede, men bevægelserne så uvilkårlige ud og virkede instinktive. Jeg råbte på de andre, "Kom, lad os bagbinde armene og benene med det samme!" Og det gjorde vi så. Vi bagbandte væsnets arme og ben med et knob, så det ikke kunne slippe væk. Væsnets krop var vendt tilbage til normalen, og vi stod i en rundkreds rundt omkring det, som for at sørge for, at det ikke havde nogen flugtrute nogetsteds. Vi tog væsnet over skuldrene og slæbte afsted med det. Os tre mennesker, der bar det. Der var blevet sikret en specialcelle til væsnet i Politigården. Væggene havde fået knust mithrilium smurt ud over deres overflader og det samme havde cellens tremmer. Vi havde også et afhøringslokale, der var blevet sikret mod flugt, selvom vi stadig ikke helt forstod væsnets egenskaber eller begrænsninger. Vi vidste bare, at den kunne bevæge sig igennem solide materialer som vægge, men vidste ikke om hvorvidt dens evner til at kunne gå igennem solide materialer, også inkluderede *alle* solide materialer. Indtil videre havde væsnet bare ligget der helt musestille og uden at bevæge sig. Vi havde bundet dets arme fast bag om ryggen sammen med dets ben. Som i mit mareridt havde den ingen næse, øjne eller mund. Den havde dog ben, mave, bryst, arme, ryg, nakke og hoved.

Hvordan den trak vejret, og om den overhovedet havde brug for ilt til at overleve, vidste vi intet om. Der var blevet hidkaldt en ekspert i afhøring fra by enogtyve, som i al hast havde smidt alt andet fra sig og så med lystoget var kommet til by enogtredive, hvor vi havde vores fange indespærret. Alle byer havde mistet folk til Jordvogterene, og alle var meget interesseret i, hvorvidt man kunne få den her hidtil ukendte fjende i dialog eller ej. Vi var alle edderspændte på resultatet og afventede tålmodigt udenfor imens der blev afhørt. Min far og mig stod sammen og ventede spændt. Det var næsten for godt til at være sandt, men Jordvogteren havde faktisk givet os en fange ved bare sådan at dukke op ene mand eller kvinde.

Dagen gik med at vente og da vi endelig hørte noget, var det ikke ligefrem de nyheder, vi havde håbet på. Afhøringen havde ikke skabt nogle resultater, og selv om vi forcerede mithrilium på væsnet og tydeligvis gjorde skade på det, rokkede det sig ikke ud af stedet. Tortur var derfor ikke en særlig effektiv metode, men hvordan vi ellers skulle få noget ud af væsnet, havde vi ingen idé om. Vi stod alle tre, min far, jeg og manden, der havde afhørt væsnet.

"Hva', er der nogen form for nødplan, hvis nu alle dine kneb og metoder ikke giver os nogle yderligere svar?" Han rystede let på hovedet fra side til side,

hvilket åbenlyst betød nej og tilføjede:
"Næ, ikke ligefrem, men det er
underligt, hvorfor væsnet ikke bare
undslipper, når nu de kan bevæge sig
igennem solidt materiale, som de
ønsker." Jeg stod lidt og tænkte over
hvilke grunde, den kunne have som
gjorde, at den med vilje var blevet taget
til fange af os. Hvad nu hvis den
prøvede at lære os bedre at kende, og
alt imens vi blev klogere på den og dens
natur, studerede den ligeledes os og
vores natur. Tanken forekom mig yderst
plausibel. Især når man tænkte på,
hvordan den vilkårligt var kommet ud af
væggen og ingen modstand havde ydet,
da vi bandt den, og slæbte den med os
til en fængselscelle. "Må jeg få et minut

inde med den i afhøringslokalet?"

Manden nikkede, og sagde, at så længe jeg ikke lod den slippe væk på min vagt, så kunne jeg gøre lige, hvad jeg havde lyst til. Jeg trådte ind i lokalet med Jordvogteren. Dens arme var bundet fast bag ryggen, og dens ben var fasttømret med et sæt håndjern så den heller ikke kunne løbe nogen steder, hvis den skulle få den idé. Da jeg stod overfor væsnet, skete der noget forunderligt. Den løftede hovedet og vendte al sin opmærksomhed mod mig. "Hvad har i gjort af min bror?" Før jeg nåede at reagere, var dens arme lige pludselig foran dens bryst på bordet, og jeg så til, mens den rejste sig op og begyndte at gå igennem det solide bord

foran den hen imod mig. "Hvad foregår
der?! Stop lige der!" Heldigvis havde jeg
stadig noget mithrilium i lommen, men
jeg havde ingen handsker på til at
kunne holde det og bruge det som
våben mod Jordvogteren. Jeg råbte på
hjælp, og døren til afhøringslokalet gik
op, og både min far og manden, der
havde stået for afhøringen, kom
brasende ind. Væsnet reagerede ikke på
deres tilstedekomst, men fortsatte bare
med at gå igennem bordet for at nå til
mig. Min far stillede sig imellem mig og
væsnet og med en hurtig armbevægelse
fik han taget noget mithrilium frem fra
sin lomme og smed det i ansigtet på
væsnet. I stedet for et hyl den her gang,
lød der et skingert skrig, et dødsekko.

For væsnet begyndte at krølle sig sammen i fosterstilling, og man kunne se, hvordan hvert et led i dens krop knækkede, som om den blev krøllet sammen om sig selv. Der endte med bare at være en bunke forkullet aske tilbage foran os. Mithriliummets lugt var nu stærkere, end jeg nogensinde før havde lugtet den, som om mithriliummet havde haft en kemisk reaktion, da det kom i kontakt med Jordvogterens hoved. Vi stod alle lige forbavset tilbage og afhøreren sagde: "Det er vel også en måde at gøre det på…" Ingen af os svarede, vi stod bare der og kiggede på bunken af aske, indtil der blev afbrudt "Hvad foregår der her?" Det var vores guide-ven, der havde været med til at lede os rundt i byen, især min far med hans manglende stedsans, så vi ikke for vild. "Øh… tja, vi er vist kommet til at dræbe vores fange." "Ja det kan jeg se. Hvordan bar i jer ad med det?" Min far fortalte, hvordan han bare var kommet til at smide mithriliummet på væsnet, så det ramte den i hovedet, og så var den faldet til jorden i et krampelignende anfald og blevet til en bunke aske. Som det eneste levn på, at det havde eksisteret. Efter dette handlingsforløb var det som om tiden fløj af sted, og dagene forsvandt hurtigt som et lyn fra en klar himmel med at videregive den nye viden, vi havde erhvervet os. Min far blev fejret som en helt på grund af sin heroiske redningsaktion med mig og Jordvogteren. Dagen, hvor vi skulle tilbage til by enogfyrre, var kommet, jeg glædede mig. Selvom ferien havde været tiltrængt, var det der med at være udenbys og så næsten både blive bortført og pågrebet af Jordvogterene var mere end nok spænding for mig.

Lidt mindre ville også have siddet lige i skabet. Faktisk, syntes jeg, at der havde været lidt rigelig spænding og halli halløjsa med aktion. Ferien havde mindet mere om noget man, så i en spillefilm end en typisk ferie, sådan som jeg huskede mine tidligere ferier.

Heldigvis, var det alt sammen noget, jeg nu kunne lægge bag mig, for nu skulle vi hjemad.

Ude Godt

Hjemme Bedst

"Kommer du Klint?" Det var min far, der spurgte. Han stod inde i lystoget og afventede, at jeg også trådte ind i det. Jeg stod udenfor og kiggede ud over perronen og tilbage mod by enogtredive. Selvom ferien havde været lige lovlig spændende, ville jeg savne den. Især dens beboere. Jeg havde lært mange af de unge at kende ret godt og havde fået to nye pennevenner, som havde lovet mig, at de ville skrive breve til mig, indtil vi sås igen. "Jeg kommer nu," og efter at have sagt mit sidste farvel til byen og dens beboere inde i mig selv, trådte jeg ind i toget og var nu klar til at komme hjem. Ferien havde haft mange gode elementer, og også masser af finurligheder, både små og store, mest små af slagsen, som havde gjort ferien ekstra svær at tage hjem fra. Inderst inde vidste jeg dog, at jeg havde en smule hjemve og savnede mine kammerater tilbage i by enogfyrre, især Seraphim. Jeg havde meget at fortælle ham. Jeg kunne nu også fortælle ham hemmeligheden bag, hvordan man dræber en Jordvogter med mithrilium lige til hovedet. Mon andre byer vidste dette, eller havde vi mon været de første til at finde ud af dette. Vi var trods alt de første, der havde udgravet mithrilium på et systematisk plan. Vi havde også systematiseret det sådan, så hvert af vores udgravningshold havde to sikkerhedsvagter med mithrilium i hånde, hvis der skulle ske noget uventet. Inden jeg fik set mig om på lystoget, blev der kaldt ud over højtalerne, at vi var i by enogfyrre. "Så er vi hjemme igen." Min far nikkede og kiggede over mod mig, han spurgte så: "Hvordan har du det?" "Bedre end da vi tog afsted, og nu ved vi, hvordan vi skal bekæmpe Jordvogterne. Endelig er vi i toppen af fødekæden igen." Jeg havde ikke tænkt over det før nu, men ja, vi var i toppen af fødekæden igen, men var vi mon klar til det ansvar. Det kunne

ingen af os svare på, for indtil videre

havde vi kun handlet efter vores had

overfor Jordvogterene. Vi havde nu

startet en krig, og om vi ville vinde

denne krig, kunne ingen sige. "Far, hvad

tænker du om vores behandling af

Jordvogterne?" Min far gned sig lidt på

hagen, inden han svarede, "Jamen Klint,

hvis vi ikke tager våben op mod en

anden art, der systematisk bortfører

folk, vi holder af, hvornår gør vi så?" Og

det var også et brillant spørgsmål, et jeg

ikke havde noget rigtigt svar på, men

Jeg huskede noget, jeg havde læst i en

bog en gang. "Had avler hævn, og hævn

føder had, jeg siger bare, at det vi har

sat i gang er måske ikke den kurs, som

leder til fred mellem os og
Jordvogterene. Det er en ond cirkel vi
har gang i, og ingen har svaret på hvad
der skal til, før vi kan få vores bortførte
mennesker igen. Men mon ikke vores
krigeriske adfærd bare skubber
muligheden for at få dem igen længere
væk?" Min far gav et dybt suk,
efterfulgt af at en enkelt tåre lige
pludselig trillede ned ad hans kinder.
"Du minder mig mere og mere om din
mor, dag for dag, hun udfordrede også
altid andre folks idealer med sin
kløgtige viden. Hvis hun var iblandt os
levende i dag, ville hun være den
allerstolteste forælder, du nogensinde
kunne forestille dig. Du formår i hvert
fald at gøre din far stolt med dine kloge

ord. Jeg kan ikke give dig et endegyldigt svar, men én ting, jeg ved med sikkerhed, er, at vi nu kan gøre mod dem, som de har gjort mod os. Tage enkelte individer ud af deres hærskare, hvor stor den så end er. Vi skal lige huske på, at enhver af deres art er i stand til at være en kriger og bortføre en eller flere af os. Langt fra størstedelen af os har nogen form for militær baggrund, så vi er allerede bagud den fordel, som de har mod os."

Jeg nikkede og indså, at han havde ret, hver eneste af dem kunne tælle for to af os, for de havde alle evnen til at gå igennem solide materialer. Størstedelen af os havde ingen erfaring, når det kom til krig eller strategisk at angribe enkelte medlemmer af en art. Antallet af

militær- eller politistyrker vi havde fået

med os fra Jorden var få. Langt de fleste

folk med den type baggrund havde

været i stormens øje, i midten af

uvejret under den fjerde verdenskrig. Vi

var for længst steget af toget, og jeg

ledte vejen hjemad. Jeg kunne sagtens

finde hjem fra togstationen, men var

ærligt talt en smule i tvivl om min far

kunne det samme, så jeg hjalp til som

guide. Da vi kom hjem, pakkede vi hver

især ud af vores kufferter og lagde tøj

på plads, hvor det hørte hjemme. Det

virkede en smule uvirkeligt sådan at

være tilbage igen, men det var også en

god følelse. Min far havde altid sagt

"Ude godt, hjemme bedst," og det

gjaldt især i den her situation. Det havde været drænende energimæssigt, sådan at være væk fra alle mine bøger og andre ejendele. Følelsen af at være hjemme var suveræn, den overtog alt andet, tvivlen, frygten, nervøsiteten og erstattede den med en hjemlig varme, jeg ikke kan beskrive på andre måder end følelsen af at være hjemme igen efter en rejse. Kender man den følelse, ved man lige præcis, hvordan jeg havde det i det øjeblik, da jeg stod og lagde mine ting på plads fra rejsekufferten. Jeg kunne mærke en kriblen i min krop, og jeg havde brug for at gense mine venner igen. Så snart jeg var færdig med at lægge mit tøj og diverse rejseklenodier på plads, skyndte jeg mig ud ad hoveddøren. Jeg nåede kort lige at råbe til min far at jeg gik ud. Han var stadig i gang med at pakke ud af sine ting på sit værelse. *Ah, hjemme igen,* ja det var en dejlig følelse at være i vante omgivelser, Kvarter Edema var et kvarter fyldt med gader, der ligesom slangede sig imellem hinanden på kryds og tværs, så stort set ligegyldigt hvilken vej man gik, endte man altid på Rådhuspladsen, så længe man fulgte en sti til ende. Jeg nåede frem til min destination: Rådhuspladsen. Her hilste jeg til højre og venstre på alle, der var til stede, men Seraphim var her ikke. "Hvor er Seraphim?" "Han er jo blevet atten, så han har fået job i mithriliumshæren, han er helt overdrevet stolt af sin egen kunnen. Du ka' finde ham i Tunnel Alpin. Han er ude med udgravningsholdet for at sørge for, at ikke flere forsvinder." Jeg skyndte mig, alt jeg kunne igennem byens gader ud til Tunnel Alpin. Sandt nok, stod Seraphim og holdt øje med udgravningsteamet sammen med en mand jeg ikke genkendte, men som nok var vagt nummer to. "Brormand!" Seraphim vendte sig, og da han så mig, kastede han sig nærmest over mig med en ordentlig krammer. "Jeg har savnet dig mere, end ord kan beskrive Klint!" Vi hilste med vores specielle håndtryk som kun vi to delte, og så gik jeg ellers i gang med at fortælle ham om, hvad jeg havde oplevet udenbys. Han lyttede

med en glimten i sine øjne, en glimten,
der skinnede med ungdommelig
nysgerrighed. "Det var godt nok heldigt
din far var med på politigården, hva'?"
"Ja det var så… der var et eller andet
underligt ved den måde, den helt
ignorerede ham og afhøreren på og kun
så mig. En fiksering så seriøs gi'r
følelsen af, at der stak noget under.
Noget… primært, noget nærmest
primal, du ve'? Sådan noget som ikke
kan forklares, men bare er til stede i
den måde væsnet bevægede sig så
målrettet på, og kun havde øje for mig."
Seraphim og mig sad på to sten nær ved
udgravningsholdet, langt nok væk til at
de ikke kunne høre, hvad vi snakkede
om, men tæt nok på til at vi snakkede

sammen med dæmpede stemmer.

"Måske stikker der også noget under, noget som vi ikke ved endnu, fordi vi ikke har lært Jordvogterene at kende."

Jeg havde introduceret Seraphim til den nye terminologi for væsnerne og titlen "Jordvogter" som min far havde nævnt for første gang under vores tur udenbys. "Jeg ved det virkelig ikke, men nu er det tre gange inden for relativ kort tid, at jeg har været offer og næsten gidsel for disse væsner. En ting, der undrer mig, er, hvorfor Jordvogteren som vi tog til fange, ikke bare gik igennem gulvet af cellen, den var låst inde i. Vi havde nemlig ikke mithriliumssikret gulvet, lige præcis fordi vi gerne ville prøve at blive klogere på væsnets natur og egenskaber, men det mislykkedes." Vi tog begge lidt tid, hvor vi bare sad i stilhed og tænkte, jeg tænkte på mange ting, og mens vi sad her kom jeg til at mindes Matti. Jeg kom til at mindes dengang, vi stadig boede på Jorden med vores familie, og en aften hvor vi alle fire havde siddet omkring spisebordet. Vores far havde lige været ude og rejse i forbindelse med sit arbejde, og vores mor var i gang med et nyt bogmanuskript. Hun havde kaldt det "Sommerens blade", og det handlede om en kvinde, der var lam fra hoften og nedad og sad i kørestol, men hun havde ikke siddet i kørestol hele livet. Hun havde nemlig været ude for en bilulykke, og det var den, der var skyld i, at hun nu sad i kørestol for resten af livet. Bogen handlede om hendes kamp fra at have følelse i hele kroppen, til at mangle følelse fra hoften og ned, og hendes hverdagsskavanker, der før havde virket som bagateller, men nu ramte de hende hårdere end nogensinde før. Under vores middag, blev der ikke snakket meget, da vores far var udmattet efter sin rejse, og vores mor sad og tænkte videre på sin historie. Men mig og Matti havde siddet og sparket lidt til hinanden under bordet, og han endte med at kaste en af sine frikadeller lige i hovedet på mig, og det ledte til, at der blev startet en kæmpe madkamp, hvor begge vores forældre havde været med. Sjovere aftensmad skulle man lede længe efter, men jeg huskede dette nostalgiske minde, fordi det var sidste gang, vi havde det sjovt alle fire sammen, inden vores mor døde under bombningen af vores by den næste dag. Tilbage til min tanke om bogen, der hed 'Sommerens Blade', fordi den handlede om forskellen mellem at kunne mærke helheden af noget til en halvering af ens følelse af hele sin krop, som vi mennesker ofte tager for givet. Sådan havde jeg det lige nu. Jeg plejede at kunne mærke alt, men der manglede noget. Der manglede en glædeskilde i mit liv, jeg manglede min bror.

Seraphim og jeg sagde farvel, og jeg skyndte mig tilbage til byen og tilbage til mit værelse, imens der stadig var dagtimer tilbage. Jeg lagde mig godt til rette og fandt min bog frem, den jeg stadig ikke havde færdiggjort. I dag havde jeg nu brugt en god portion tid sammen med Seraphim, men resten af dagen ville jeg helst bruge alene med lidt kvalitetstid bare mig og min bog. Jeg hørte hoveddøren gå op og lagde straks bogen fra mig. Jeg skyndte mig hen for at se, hvem det var. "Far!" Udbrød jeg i en blanding af overraskelse og glæde, for vi havde slet ikke set hinanden hele dagen stort set. "Jamen hej med dig Klint, du virker ekstra glad for at se mig." Jeg smilede til ham. "Jamen det er jeg da også, vi har jo ikke set hinanden hele dagen." Han

gengældte mit smil med et skævt smil.
"Nøh, men det er der heller ikke noget
galt i, vel?" Jeg grinte kort af hans
nonchalante adfærd. "Det er der ikke,
så længe vi har det godt. Jeg fik snakket
med Seraphim i dag. Han fortalte mig,
at udgravningen af tunnelerne går en
hel del hurtigere nu, hvor vi har vagter
med mithrilium til at eskortere vores
udgravningshold." "Ah, så du mødte
Seraphim. Hvordan har han det?" Det
måtte jeg lige stå og tænke mig om, for
den slags snakkede vi ikke altid om, og
når vi gjorde, var det kun, hvis der var
noget specielt ved vores humør den
pågældende dag. "Han virkede til at
have det okay, vi snakkede ikke lige om
hvordan vi hver især havde det. Men

jeg fik fortalt ham om den måde, du dræbte den der Jordvogter på."

"Hmm… nu ved jeg ikke lige om det er noget at blære sig med. Det var mere mit faderlige instinkt, der slog klik end noget andet. Den kunne lige prøve på at stjæle endnu en af mine sønner, så ville den få den med mig at bestille og det gjorde den så også." Jeg trak på skuldrene og mit smil, der havde ledt til et grin, stivnede, og jeg huskede nu, hvad vi faktisk havde snakket om, Seraphim og jeg. "Men det, at du dræbte en af dem, er det ikke en krigserklæring i sig selv?" Først nu så jeg, hvordan min fars eget smil stivnede, og at han fik sit seriøse blik på. Når min far blev seriøs hævede han først et af sine øjenbryn og hvis det var rigtig seriøst hævede han dem begge. Heldigvis, hævede han kun det ene denne gang. "Det har jeg også selv gået og undret mig over, men hvis det er en krigserklæring, så skal de først finde spor efter hvad der skete, og det virkede ikke til at Jordvogterne satte en redningsaktion i gang. Faktisk virkede det som om, den var helt og mutters alene." Det slog mig nu, men det han sagde var den rene sandhed. Der havde ikke været tegn på, at Jordvogterne havde organiseret nogen form for redningsaktion, men så igen, måske vidste de slet ikke, at en af dem var blevet taget til fange. Vi havde ingen idé om, hvor organiseret eller uorganiseret de var, og om hvorvidt de holdt øje med os i vores byer eller ej. Normalt ville man sikkert tænke: "Er det ikke lige meget, om man ved hvorvidt de holder øje med os eller ej?" men i vores tilfælde, hvor de stod med den allerstørste handlekraft, fordi de allerede havde flere hundrede af os taget til fange, så var det ikke godt overhovedet. De kunne sagtens komme til at tro, at vi havde slagtet deres spejder, hvis den Jordvogter, vi fangede, havde været en spejder. Vi anede heller ikke om de havde køn, hvordan de formerede sig, eller hvor mange af dem der var. Én ting, vi dog vidste, var, at kidnapningerne var begyndt på samme tid i alle fire byer, by elleve, by enogtyve, by enogtredive og by enogfyrre. For en lille måneds tid siden var de pludselig begyndt at tage af os mennesker, og vi havde aldrig igen set nogle af dem, der var blevet taget. Vi havde brug for noget, vi kunne bruge til at forhandle løsladelsen af nogle af de forsvundne mennesker på, hvis de da stadig var i live. "Hvad tror du, der er sket med Matti?" Jeg kunne ikke lade være med at spørge. Jeg havde brug for svar, og jeg havde brug for dem nu mere end nogensinde før. "Jeg har ingen anelse, men en ting ved jeg med sikkerhed, hvis ikke de vil forhandle på fredelig vis, så ryger fløjlshandskerne af og så får de en mere kontant behandling." Der var vi begge enige.

Hvis ikke de ville i dialog med os, så blev vi nødt til at tvinge svarene ud af dem. Det var sen aften og jeg havde helt glemt tiden, men efter min far og mig havde snakket færdigt sammen gik vi hver til sit værelse for at sove. Jeg vågnede dagen efter, gik i bad, børstede tænder og nuppede morgenmad, inden jeg tog til Rådhuspladsen. I dag ville jeg med på et udgravningshold, så jeg meldte mig frivilligt til at skulle med til Tunnel Edema, og så stod den ellers på udgravning hele dagen. Med min hakke i hånden hjalp jeg til. Holdet, der skulle grave i Tunnel Edema i dag, bestod af fem gravere og to soldater fra mithriliumshæren. For det første, var jeg spændt på at skulle grave videre på tunnelen, og for det andet var jeg ikke som før påvirket af frygten for, at der kunne ske mig noget ondt. Vi, menneskeracen, havde vundet og var nu den overlegne art med vores nyfundne måde at afskaffe Jordvogterne på, hvis de skulle prøve på noget. Det kom helt naturligt til mig, men efter jeg havde overvundet min egen frygt, var det også, som om jeg indeni mig selv var kommet til en helt ny konklusion. Inderst inde længtes jeg stadig efter min forsvundne bror, men nu var vi et skridt tættere på at kunne få ham igen. Som min far så smukt havde formuleret det: hvis ikke de responderede på kommunikation eller dialog, så måtte vi jo prøve at spille med andre kræfter. Så det gjorde vi.

Det var hårdt arbejde at grave videre på tunnelsystemet, men løftet om en ny by og så endda at få lov til at være med til navngivningen af den, se det var noget, der kunne drive et menneske.

Højesterådet havde besluttet, at der skulle holdes en folkeafstemning om, hvad den nye by skulle hedde, by enoghalvtreds. Der var også en anden drivkraft bag min energiske tilgang til gravearbejdet. Vi havde nu en måde at dræbe fjenden på. Ikke bare invalidere dem, men nu også en måde at forvandle dem til en bunke aske. At aske dem, hvilket var det helt nye, som min far tilfældigvis var faldet over, da han i et febrilsk forsøg på at redde mig, fik ramt en Jordvogter i hovedet med mithrilium under vores feriebesøg i by enogtredive. Jeg tørrede sved af min pande og kiggede rundt. Der var ingen jeg kendte i det her udgravningshold, og det gjorde selvfølgelig min opgave lidt lettere. Jeg havde lagt en plan uden at lade nogle andre kende til den. Hvis nu jeg bare kunne blive taget af en Jordvogter, kunne jeg finde frem til, hvor de gemte deres fanger. Pludselig skete det, jeg havde ventet på. Ét sæt arme skød ud fra gulvet og greb fat i en af graverne, der skreg på hjælp. En af de to vagter fra mithriliumshæren skyndte sig over og efterlod den anden stående tilbage i en position, hvor han var klar til at springe til, skulle det blive nødvendigt. Jeg vendte min hakke om

og brugte den til at slå den anden vagt

ud. *Klonk* lød det, da jeg ramte den

anden vagt i baghovedet med hakkens

skæfte, og han faldt bevidstløs til

jorden. Der skød nu endnu et sæt arme

ud, der greb fat i en anden graver. Jeg

tog mithriliummet fra vagten, som jeg

havde slået ud, med min trøje imellem

min hånd og mithriliummet så jeg ikke

rørte direkte ved det, og gemte det i

min ene lomme. Så løb jeg ellers over til

den anden vagt som var i gang med at

fumle sig frem til sit mithrilium, og slog

ham i hovedet også med skaftet af min

hakke. Han faldt også til gulvet og lå og

konvulserede i et kort øjeblik, inden

hans krop så helt stoppede med at

bevæge sig. Ud fra jorden kom der nu en hel Jordvogter, da den rejste sig i sin fulde højde. Den var et helt hoved højere end mig. Det her var den største af Jordvogterne jeg indtil videre havde set. Dens arme viklede sig rundt om min krop og strammede til, indtil jeg havde svært ved at trække vejret. Jeg gispede efter vejret og indså, at den måske ikke kun havde til opgave at tage ét menneske til fange, men måske havde fået en helt ny agenda efter vores uvilkårlige krigserklæring. Det begyndte at sortne for mine øjne og jeg mærkede, hvordan at stilheden skyllede ind over mig. En stilhed, jeg kun havde oplevet i drømmeverdenen førhen. En stilhed, jeg havde ønsket at finde lige siden Matti blev taget fra mig. Det

sortnede for mine øjne, og min sidste

tanke var: "Bare rolig, broder, jeg

kommer nu," og så lukkede jeg ellers

mine øjne, og det sidste jeg så for mig

var, hvordan mig og Jordvogteren gled i

et med gulvet og jeg blev trukket med

ned under jordens overflade.

© 2021 – Mathaeus Agapitos
Forlag: BoD – Books on Demand, Hellerup, Danmark
Tryk: BoD – Books on Demand, Norderstedt, Tyskland

ISBN 978-87-4302-754-6